낯익은 타인을
대하는_____법

사랑하면서 상처를 주고받는 관계에 지친 너에게

낯익은 타인을 대하는 법

초판 1쇄 발행 2020년 6월 10일
초판 2쇄 발행 2020년 7월 6일

지은이 정민지

책임편집 성실
디자인 Aleph design

펴낸이 최현준·김소영
펴낸곳 빌리버튼
출판등록 제 2016-000166호
주소 서울시 마포구 양화로 15안길 3 201호(윤현빌딩)
전화 02-338-9271 | **팩스** 02-338-9272
메일 contents@billybutton.co.kr

ISBN 979-11-88545-85-8 03810

이 도서의 국립중앙도서관 출판예정도서목록(CIP)은 서지정보유통지원시스템 홈페이지(http://seoji.nl.go.kr)와
국가자료공동목록시스템(http://www.nl.go.kr/kolisnet)에서 이용하실 수 있습니다.(CIP제어번호:CIP2020019476)

낯익은 타인을 대하는 _____ 법

사랑하면서
상처를 주고받는
관계에 지친
너에게

정민지
지음

billybutton
빌리버튼

나를 둘러싸고 있는 낯익은 타인들

한번은 회사 사람들과 단체로 등산을 간 적이 있다. 직장인 사이에서 악명 높은 '휴일 워크숍'이었다. 일일드라마 하듯 빠짐없이 평일 야근을 하고 아침부터 등산에 나섰으니 기분이 좋을 리가 없었다. 나를 포함한 몇몇은 자연스럽게 뒤로 처졌다. 격차가 너무 벌어졌으니 좀 따라잡아야겠다 싶어 속도를 높였다. 헉헉대기를 몇 분, 갑자기 핑 어지럽더니 눈앞이 뿌예졌다. 산길에 발라당

쓰러져서 입을 겨우 들썩거렸다.

"앞이… 하나도 안 보여…"

일행들은 놀라 우왕좌왕했다.

그때 갑자기 내 입에 동그란 뭔가가 쑤-욱 들어왔다. 땅콩알사탕이었다. 지나가다 이 소동을 목격한 한 베테랑 등산객 아주머니가 주머니에서 사탕을 꺼내 거침없이 내 입에 넣어준 것이다. 사탕이 얹힌 혀 주변으로 침이 고이면서 나는 마지막 힘을 내 그 달콤한 침을 삼켰다.

꿀꺽.

순간 기계에 기름이 주입된 것처럼 몸에 기운이 돌고, 눈앞은 안개 걷히듯 환해졌다. 고작 사탕 하나에 내가 좌지우지될 수 있다니. 마법은 멀리 있는 게 아니었다.

하지만 그날 뒷풀이 식당에서의 기억은 영 좋지 않다. 괜찮으냐고 걱정할 줄 알았던 부서 직장 상사들은 주4일 연속 야근으로 인한 나의 과로가 아닌 요즘 젊은 여성들의 체력 저하 현상을 한참동안 꼬집다가, 중년의 운동 필요성에 목소리를 높이다가, 자신들의 정체된 골프 타수로 갔다가, 주변에 억대 요트를 샀다는 지인 이야기로 화제를 옮겨갔다. 일면식 없는 낯선 이에게 도움을 받고, 가족보다 더 많은 시간을 함께한 이들이 보인 날카로운 무심함에는 마음 한구석이 깊게 베인 묘한 날이었다.

생각해보면 살면서 내가 받은 상처들은 다 그런 식이었다. 주변의 소중한 인연들이 주는 상처들에 가슴 쓰라려했다. 반대로 나의 무심함 때문에 누군가가 받은 상처 역시도 셀 수 없이 많을 것이다. 사는 내내 우리는 주변 사람들과 상처를 주고받고, 기대했다가 실망하기를 무한히 반복하고 있다.

그러다 최근에 문득 깨달았다. '전보다 훨씬 덜 힘들다.'

인간관계 기술들을 훈련하고 단련이 되었기 때문일까. 그건 아닌 것 같았다. 그렇다면 내 주변 형편들이 좀 나아졌나. 딱히 그렇지도 않았다. 곰곰이 평온함의 근원을 찾아 내려가다보니 알게 됐다. 그건 주변의 모든 이들이 예외없이 타인임을 내가 받아들였기 때문이었다. 가장 가까운 가족과 친구도 얼굴과 목소리가 꽤 익숙한 타인일 뿐, 늘 낯설게 여기면서 여전히 '알아가는 중'이라고 생각해서였다.

타인他人.

자기 이외의 사람.

'타인'이란 단어를 되뇌는 것만으로도 많은 것들이 재구성될 수 있었다.

상대가 누구든, 나와는 다른 존재라는 걸 받아들이면 복잡했던 것들이 심플해졌다. 불필요하게 꼬여 있는 것들이 스르르 풀리기도 했다. 나와 네가 완전히 같을 수는 없다는 사실을 인정하게 됐다. 그렇게 되니 무엇보다도, 바라는 것이 훨씬 적어졌다. 감정을 덜어내니 덜 서운해지고, 전보다 덜 집착하게 되었다.

타인이란 단어가 내게 주는 심리적인 효과는 이뿐이 아니었다.

자책이 반으로 줄어들었다. 주변 사람들이 주는 상처들은 내가 잘못했거나 무능해서 그런 게 아니라는 것을 알게 됐다. 그것은 내가 바라거나 계획했던 일이 사실은 원래부터 이루어질 수 없다는 것을 깨닫는 과정이기에 더이상 괜한 낙담을 하지 않아도 된다는 위로이기도 했다. 타인임을 인정하는 것, 그것은 인생에서 인간관계에 짓눌리지 않고 미묘하게 가벼워질 수 있는 방법이었다.

이 책은 '낯선' 타인이 아니라, '낯익은' 타인들에 대한 이야기다. 나 자신 역시도 다른 이들에게 타인일 뿐이라는 고백이다.

처음엔 친구를 주제로 삼아 글을 시작했다. 친구라는 타인은 내게 어떤 존재인가. 그러다 보니 친구와 지인의 모호한 경계에 있는 이들이 생각났고, 친구 같기도 하고 가끔은 남보다도 못한 가족들의 얼굴이 생각났다. 고비마다 나를 일으켜준 동료들도 떠올랐다. 호칭은 달랐지만 모두 내게 낯익은 타인들이었다.

그들과의 관계를 고민하는 것은 나에 대해 알아가는 과정이기도 하기에 기어이 글을 마무리할 수 있었다. 그 과정에서 흙탕물 같은 감정들이 많이 가라앉았다. 힘들게 썼지만 인간관계의 또렷한 해답은 없고 고민의 흔적만 남았다. 하지만 이 글이 독자의 기억을 불러일으키게 되고 자신의 이야기와 비교해보는 시간이 된다면 정말 기쁠 것 같다. 산에서 쓰러졌을 때 작은 땅콩알사탕 하나가 내게 주었던 슈퍼파워super power처럼 말이다. 그 시간을 내 멋대로 상상하며 부끄러운 실패담을 털어놓을 용기를 냈다.

글을 읽으며 여러분의 고민이 조금은 홀가분해지시기를 바랍니다.

차례

2부

내 맘 같은 친구는 없다

3부

그 질문은 그 사람에게 받을 답이 아니다

4부

당연하다는 생각은 틀렸다

5부

그럼에도 불구하고, 나와 당신의 연대

1부

우리는 다릅니다

지옥에는

타인만 있다

스물세 살에 겪은 작은 사건 이후 낯선 사람을 경계하게 됐다. 대학생이던 나는 과외 아르바이트 자리를 구하려고 자취방 근처 대단지 아파트를 찾았다. 5만 원이었던가, 당시로선 나름 결단이 필요한 금액을 관리사무소에 내고 엘리베이터 옆 게시판마다 미리 복사해 간 광고 전단지를 야무지게 붙였다.

문의가 밀물처럼 오면 어떡하나 걱정했지만, 일주일 내내 핸드폰은 잠잠했다. 돈만 날린건가 싶었을 때, 드디어 전화 한 통이 왔다. 보통은 학생의 집에서 학부모 면담을 거쳐 과외를 결정하는데 그날은 아파트에서 조금 떨어진 식당에서 만났다. 아버님은 키가 작고 통통한 편이셨다. 초등학생 딸에게 영어와 수학을 가르칠 수 있겠냐고 해서, 자신있다는 표정과 함께 준비된 멘트를 했다.

그리고 며칠 뒤였다. 대기업도 아닌데, 2차 면접까지 있을 줄은 몰랐다. 아버님은 이른 저녁에 대학 정문까지 와서 나를 픽업했다. 차가 도착한 곳은 경기도 어딘가의 오골계 백숙집. 분위기가 이상했다. 내가 과외 얘기를 꺼내면, 남자친구가 잘해주냐는 둥 내 신변에 대한 호기심 어린 질문으로 되돌아왔다. 시간이 흐르면서 확실해졌다. 그는 과외 학생 학부모가 아니었다. 뒷머리가 쭈뼛했다. 그를 쏘아보고 말없이 자리에서 벌떡 일어서 밖으로 나왔다. 밖은 이미 어두워졌다. 한참을 헤맨 끝에 택시를 탔다.

그 이후부터였던 것 같다. 새로운 사람을 단둘이 만나는 자리가 불편해졌다. 웬만하면 확실하게 잘 아는 소수의 사람들하고만 어울리면서 안전하게 지내고 싶어졌다. 방어하거나 의심을 하지 않아도 괜찮도록 말이다.

그런데 인생은 내 마음대로 되지 않는 법. 여러 사소한 우연들이 겹치면서 하고많은 직업 중에서 낯선 사람을 하루에 열두 명도 더 만나는 게 주업무인 기자가 됐다. 취재라는 건, 처음 만난 사람의 인생 한부분을 한꺼번에 맞닥뜨려야만 하는 다이내믹한 일이다. 지극히 내향적인 내가 기자라니. 그것도 그 직업을 10년도 넘게 했다니. 참, 알 수 없는 게 삶이다.

사르트르의 《닫힌 방》은 어느 작은 방 안으로 일면식 없는 세 명이 차례로 들어오면서 이야기가 시작된다. 방문은 바깥에서 굳게 잠겨 있다. 남자는 자신을 껄끄럽게 쳐다보는 여자에게 말한다. 말도 않고 움직이지 않고 소리도 안 낼 테니까 우리 좋게좋게 지내자고 말이다. 그 말이 무색하게도 얼마 안 가 이들은 서로의 존재 자체를 끔찍하게 여긴다. 얼마나 싫은지 상대가 숨쉬는 모습조차 못 견뎌하는 지경에까지 이른다. 그러자 남자는 깨닫는다.

> "이런 게 지옥인 거군. 정말 이럴 줄은 몰랐는데… 당신들도 생각나지, 유황불, 장작불, 석쇠… 아! 정말 웃기는군. 석쇠도 필요 없어, 지옥은 바로 타인들이야."
>
> -《닫힌 방·악마와 선한 신》, 장 폴 사르트르, 민음사

이들이 제일 못 견디는 건, 한 방에 있는 타인들이 나에 대해 잘 알지도 못하면서 '잘 안다'고 자신있어 하는 모습이다. 나를 제멋대로 정의내려버리는 타인들을 보며 이곳이야말로 유황불보다 더한 지옥이라고 절규한다.

그런데 갑자기 방문이 열리면서 이 가련한 영혼들은 딱 한 번의 탈출 기회를 맞는다. 이때다 싶어 후다닥 달아날 것 같은 순간, 이해할 수 없는 장면이 펼쳐진다. 셋 중 아무도 나가지 않고, 심지어 남자는 제 손으로 그 문을 서둘러 쾅 닫아버린 것이다.

왜일까. 그렇게 서로의 시선을 견딜 수 없어 했으면서! 타인은 지옥이라면서 왜 함께 있는 쪽을 택했을까. 그건 어쩌면 우리가 타인과 완전히 관계를 맺지 않고 혼자서는 살 수 없다는 것을 상징적으로 보여주는 장면이지 않을까 싶다.

타인은 지옥이고, 벗어날 수 없다. 하지만 한번 까짓 거, 벗어나지 못할 것도 없다. 이도저도 싫으면 아무도 안 만나고, 방문 걸어 잠그고, 관계를 극도로 최소화할 수도 있다. 게임이나 술 등 뭔가에 중독되는 것도 고립의 한 방법이다. 그러나 그 기간이 길어지면 우리는 더 이상 괜찮은 어른이 될 수 없다는 것을 알고 있다. 고립되면 마음이 헛헛해지고 그 어두움이 결국 내 고유한 에너지를 해칠 것이라는 사실을 본능적으로 알고 있다. 그건 진짜로 사는 게 아니라는 걸 잘 안다.

우리는 관계에 피로감을 느끼면서도 다른 사람들과 잘 섞이고 싶어 한다. 내가 타인을 두려워하고 자주 상처받고, 늘 서툴면서도 사람에 대한 호기심과 기대를 버리지 못하고 기자가 돼 타인들과 섞여 사는 것도 '혼자이고 싶으면서도 혼자이고 싶지 않은' 그 갈팡질팡하고 모순적인 마음 때문이지 싶다.

가족,

가장 낯익은 타인

서른 살에 부모님 집으로 다시 들어갔다. 이럴 때 흔히 '기어들어 갔다'고 말하기도 한다. 어쨌든, 다 큰 자식이 빌붙으려고 간 것은 사실이니까. 대학에 입학한 스무 살부터 독립해 살았으니 정확히 10년 만의 재동거였다. 잘 다니던 첫 직장을 5년 만에 때려치운 나는 밥벌이 없이 서울에서 살기엔 월세가 부담스러운 상황이었다. 결국 비빌 곳은 고향뿐이었다. 걱정 어린 눈빛을 애써

감추고 있는 부모님에게 다음 직장을 잡을 때까지 몇 달 만 있겠다고 통보했다.

아, 한동안은 꽤 좋았다. 빕스도 아니고, 애슐리도 아니지만, 그럭저럭 괜찮은 서민 버전 한식뷔페를 공짜로 즐기고 있는 느낌이었다. 꽈리고추멸치볶음 하나 사 먹으려면 반찬가게에서 4천 원씩 하는데 냉장고에는 나물이며 밑반찬들이 늘 살뜰하게 구비돼 있었다. 따끈한 흰쌀밥도 밥솥에 늘 있었다. 그렇게 끼니 걱정 안 하고 살다보니 얼마 지나지 않아 살이 피둥피둥 올랐다. 몸도, 마음도 편했다. 오래 떨어져 살면서 고향이 주는 느긋함이 그리웠던 것도 사실이다. 주말이면 부모님과 등산도 하고, 꽃 축제장도 가고(신기하게도, 지역 축제는 매주 열리고 있었다), 저녁에는 함께 드라마를 보면서 엄마와 그간 못한 수다를 떨었다.

유경험자들은 이미 짐작했겠지만, 평화의 시기는 길지 않았다. 한 달이 넘어서면서 나는 새벽 여섯 시만 되면 온 집 안에 공기처럼 흐르는 텔레비전 뉴스 소리에 이불을 정수리까지 뒤집어써야 했다. 주말 아침에는 그릇 쨍쨍 부딪히며 설거지하는 소리가 내 단잠에 찬물을 부어댔다. 거실 불은 저녁 아홉 시만 넘으면 꺼졌다. 이건 뭐, 하루가 강제 셧다운된 느낌이었다. 밥상에서 김치 뒤적대는 젓가락질이 싫었고, 내 방에 노크 없이 불쑥 들어오는 그 한두 번의 드문 일 이후엔 문을 닫고 있어도 수시로 신경이 곤두섰다. 아빠와 엄마가 무언의 눈빛을 주고받은 뒤, 내가 앞으로 뭐 하고 살지 걱정스럽게 운을 띄우기만 해도 기분이 몹시 언짢아져서 방으로 휙 들어갔다.

그렇게 효녀같이 다정했던 마음은 온데간데없이 증발했다. 방에 처박혀 있는 시간은 늘어만 갔다. 운 좋게 넉 달 만에 새 직장을 잡아서 다시 상경하게 됐지만, 그 시절을 생각하면 나이에 맞지 않게 사춘기 십 대처럼 드라마틱하게 내 기분이 오르내렸던 기억이 아직도 생생하다.

지금은 부모님과 차로 장장 네 시간 반 거리에 떨어져 산다. 그렇게 애틋할 수가 없다. 전화를 할 때는 저녁은 챙겨 먹었는지, 또 국도 없이 나물에만 대충 먹은 건 아닌지 밥상 사정까지 묻는다. 명절에 만나면 무슨 말만 해도 그렇게 재미있어서, 마치 솜씨 좋은 탁구선수들처럼 가벼운 이야기들이 리드미컬하게 핑-퐁-거리며 오고 간다. 10년 전에 다니던 교회 권사님의 둘째 며느리가 새로 차린 가게 얘기까지 늘어놓는 엄마에게 짜증스럽게 하품을 해대던, 바로 그 과거의 내가 말이다.

이렇게 된 이유는, 단순하다. 서로 간의 거리다. 거리가 떨어지면서 우리 둘은 서로의 영역에 들어오는 데에 한계가 생겼다. 아무리 엄마 뱃속에서 나왔지만 엄마는 나와 모녀 사이 이전에 타인이다. 적당히 떨어져 지내고, 적당히 그리워해야 사이가 좋다. 그걸 부모님과 나 양쪽 모두 인정하고 나서부터 나는 그들과 더 잘 지낼 수 있게 되었다.

가족과 일정한 거리를 유지하고, 나 역시도 그들의 삶에 침범하지 않으려면 너무 많은 에너지를 쓰지 말아야 한다. 타인에게 에너지를 몰아 쓰면 정작 나를 위한 에너지는 빠르게 고갈된다. 부모 자식 사이도 예외가 없다. 부모도 자식을 키울 때 모든 에너지를 육아에 쏟아부으면 반드시 무너지는 순간이 온다. 자식도 부모를 위해 모든 것을 희생하고 양보하면 기대하는 것이 생기고, 그 기대는 대부분 충족

되지 못한다. 그런 실망과 배신감은 상대에 대한 공격성으로 발현되기 쉽다. 봇물 터지듯 우르르 몰려오는 감정들 앞에서 그동안의 관계는 한순간에 와르르 무너진다. 아주 잘 알고 있다고 생각했는데 가끔은 '루마니아에서 날아온 공문서'처럼 낯설게 보이는 가족 관계의 역습이다.

우리 인생에서 가장 먼저 만나는 타인은 부모다.

나는 아빠 엄마에게서 많은 것들을 물려받았다. 동그란 얼굴형과 예민한 피부, 차분한 성격, 둔한 운동신경 등등. 후천적으로도 많은 경험을 그들이 만들어주었다. 처음 직립 보행을 했을 때 박수 쳐주고 넘어질 때 잡아준 것이 부모다. 엄마는 하루 세 끼 먹이지 않으면 애가 닳아서 종종걸음을 치며 숟가락 들고 따라다녔고, 아빠는 나를 키우기 위해 주저 없이 누군가에게 허리를 굽히며 돈을 벌어 왔다. 삼십 대 후반인 지금의 내 나이에 이미 네 명의 자식을 뒀다는 걸 생각하면 내가 부모님의 청춘을 갉아먹으며 컸다는 미안함에 가슴 깊은 곳이 아려온다.

하지만 감정을 걷어내고, 만약 엄마와 아빠를 같은 반 친구나 직장 선후배로 만났다면 얘기는 180도 달라진다. 나라면 아마 "저 인간들, 나랑은 좀 안 맞네."라고 하면서 미간을 찌푸리고 돌아섰을 것이다. 회사 동료라면 같은 부서에 배치되지 않기를 바랐을 수도 있다. 이러나저러나 선택의 여지없이 부모와 자식 사이로 만난 이상, 그들은 내 인생에서 특수한 위치에 있다. 좋아하지 않지만 미워할 수 없는 이상한 지점에 말이다.

지금의 내가 가족에 대해 노력하는 것은 단 한 가지다. 신파 아니면 패륜이 아닌 상태, 이 상태를 유지하는 것이 목표다. 소박하지만, 현실로 들어서면 결코 소박하지 않다는 걸 나도 잘 알고 있다. '한국의 가족 형태는 신파 아니면 패륜'이라는 류승완 영화감독의 말에 따른다면(그의 소신 발언에 박수를!) 지금 우리 집의 장르는 신파일까 패륜일까. 늘 그 경계 가까이에 있는 것 같다. 가족 중에 누가 아파서 내 삶이 망가지거나 흔들리는 것을 원하지 않고, 누가 잘돼서 득을 보고 싶지도 않다. 그럴 생각도 없고, 사실 득 볼 가능성도 희박하다. 지금까진 말이다. 다행이라고 해야 할까.

가족에 대해 궁극적으로는 아무것도 말할 게 없는 심심한 상태까지 이르고 싶다.

가족을 다 안다고 자칫 확신하는 그 순간부터 신파와 패륜의 파란만장 눈물범벅 드라마가 시작된다. 평온해 보이는 우리 가정도 언젠가는 신파와 패륜 중의 한 노선을 걷게 될 것이라는 생각을 한다. 물론 그렇다고 내가 그런 미래를 맞이할 각오가 단단히 됐다는 말은 아니지만 말이다. 다만 그런 날이 반드시 올 거라는 상상을 해보면, 아직은 아닌 지금의 이 상태가 그렇게 감사할 수가 없다.

잔인한

가족주의

가족을 남처럼 생각하자, 그렇게 말은 했지만 역시 쉽지 않다. 나야말로 가족주의에서 벗어나지 못한 사람이다. 부모가 자식에게 쏟는 사랑은 무겁다. 그 무게를 조금이라도 느끼면 그들을 결코 가볍게만 대할 순 없다. 지인의 사연을 듣고 가족이라는 타인에 대해 생각해보게 됐다.

스무 살, D는 친한 고등학교 친구 네 명과 함께 뒤늦은 졸업기념 여행을 갔다. 한창 더운 여름이었지만, 여행 내내 날씨가 좋았다. 딱히 하는 일 없이 같이 어울려서 걷는 것만으로도 재밌었다. 다시 서울로 올라올 때는 태풍 때문에 비바람이 거셌다. 여행이 다 끝나서야 날이 궂어지니 너무 다행이라고들 말했다. 날씨 운까지 따르는 것 같았다.

다 함께 고속버스 맨 뒷자리에 나란히 앉았다. 버스가 고속도로 휴게소에 정차하자 남은 여행경비를 털어 노릇하게 구운 옥수수 하나씩을 샀다. 고소한 버터 향이 버스 뒷자리에 진동했다. 버스는 제시간에 다시 출발했다. 대단한 액션배우라도 된 냥 D가 슬로모션으로 주먹을 날리면 다른 친구들이 옥수수 알갱이를 입에서 후드득 뿜으며 연기를 했다. "옥수수 제대로 털어주마!" 이 유치한 장난에 다들 낄낄댔다.

그때였다. 버스가 뒤집힌 건.

순식간에 벌어진 사고는 폭우 때문이었다. 그렇게 다섯 중에서 한 명이 그 고속버스 전복 사고 현장에서 목숨을 잃었다. 그는 정신이 나간 채로 친구의 빈소를 사흘 내내 지켰다. 발인을 마치고 여행 옷가지와 가방을 메고 현관문을 힘없이 열었을 때, D의 부모님은 생딸기가 촘촘히 올라간 새하얀 생크림케이크를 들고 있었다. 그리고 합창이라도 하듯 한목소리로 말했다.

"무사히 돌아와서 기쁘다, 우리 아들!"

"…!"

그는 부모님 손에 있던 케이크를 잡아서 벽으로 세게 던졌다.

"이게 축하할 일이야?!"

D의 부모님은 사고 소식을 듣고 무척 놀랐다. 그리고 나선 우리 아들이 가벼운 찰과상만 입고 무사하다는 말에 가슴을 쓸어내리고 감사 기도를 했다. 그래서 돌아온 아들을 반기는 마음으로 케이크를 사서 초를 꽂고 기분좋게 기다

린 것이다.

✳

《다른 의견을 가질 권리》를 쓴 전기 작가이자 소설가인 슈테판 츠바이크는 우리가 느끼는 연민이 크게 두 가지로 나뉜다고 말했다.

첫 번째는 부정적인 연민이다. 나약하고 감상적이다. 남의 불행을 보면 충격을 느끼기는 하지만 가능한 한 거기서 빨리 벗어나고 싶어서 마음이 초조해진다. "그거 좀 딱하게 됐네."라는 식에 그치는 아주 잠깐의 감정일 뿐이어서 곧 본능적으로 자기 방어에 급급하다. 그 불행의 주인공이 내가 아니라 다행이라 생각하며 불행의 주인공과 나 사이에 높은 벽을 치고 돌아선다.

다른 하나는 진정한 연민이다. "안 됐다." "슬프다." "불쌍하다."라고 말하고 나서 방관하는 것에서 그치지 않고 한 발 더 나아간다. 먼저 움직여 같은 자리에 선 다음에 손을 꼭 잡아준다. 내 힘이 닿는 한 인내심을 가지고 당신과 함께 그 고난을 견디겠다는 의지를 보여준다. 우리는 그런 연민의 마음을 가진 사람에게서 연대의 가능성을 발견한다.

안타깝게도 D의 부모님은 전자의 연민에만 머무르면서 자신들도 모르는 사이에 잔인해졌다. 우리라고 다를까. 언제든지 무심결에 그렇게 잔인해질 수 있다. 그렇게 생각하다 보면 우리가 피해자가 되는 순간 타인을 향해서 "내가 당한 만큼 너도 한번 당해봐."라는 식의 공격을 하게 된다.

그래서 어떤 일이 닥쳤을 때 우리는 "내 가족이 당한 일이 아니라서 다행이다."가 아니라, "내 아들딸 같은 아이들이 저렇게 비극적인 일을 당했으니 그 부모는 얼마나 힘이 들까."로 나아가는 힘을 가져야 한다. 내 가족만 무사하면 그만이라고 생각하는 '잔인한 가족주의'가 많아질수록 우리 시대는 더 많은 비극을 낳는다.

어느덧 사십 대가 된 D는 지금도 가끔 그 꿈을 꾼다.

꿈에서 친구는 아직도 교복을 입은 고등학생이다. 둘은 예전 그 여행에서처럼 신나게 논다. D는 그 꿈에서 깨고 나면 입꼬리가 밤새 올라가 있어서 양볼에 경련이 일어난다고 한다. 눈에서 눈물이 흐른 채 말이다.

상처는

가까운 사람이 준다

남들 다 보는 앞에서 세게 뺨을 맞는 것.

독일의 심리상담가 배르벨 바르데츠키는 마음의 상처를 뺨 맞는 충격에 비유했다. '영혼의 따귀'를 맞으면 자기도 모르는 사이에 마음 깊숙한 곳에 있는 자존감이 상처를 입는다. 그런 상처가 오래되어 곪다가 스스로에 대한 불신이나 자책으로 변질되기도 한다.

그렇다면 내 영혼의 빰이 얼얼해지도록 따귀를 때리는 사람은 누구일까. 생각해보면 가해자는 내 주변에서 선량한 표정을 한 가까운 사람들이었다. 선한 얼굴을 하고 있는, 나의 오래되고 낯익은, 믿고 사랑하는 타인들.

영국에 단기 어학연수를 갔을 때였다. 물가가 말도 못하게 비쌌다. 그나마 우유가 한국보다 싸서 점심마다 500밀리리터씩 마셨다. 유통기한이 몇 시간 안 남아서 반값 딱지가 붙은 샌드위치만 사서 먹었다.

1년 여의 연수로 영어 실력이 늘었는지에 대해선 심히 의문이 들지만 확실히 말할 수 있는 건 단 한 가지. 그때 지독하게 외로웠다는 것이다. 유학원이 연결해준 현지 홈스테이 가정은 중년 부인 혼자 사는 2층 단독주택이었다. 집주인은 불을 하나도 켜지 않은 채 TV 불빛에만 의존해 저녁 내내 담뱃잎을 종이로 말고 있었다. 한국에서 한 번도 맡아보지 않은 특이한 향이 났다. 한 번도 그게 잎담배인지 물어본 적은 없지만 대마는 아니었기를 바라고 있다. 그 집에서 두 달을 못 버틴 나는 유학원에 항의해 근처 평범한 가정으로 거처를 옮기면서 일상이 조금씩 나아졌다.

신기한 건, 그때 외롭고 힘들었지만 그게 지금까지 상처로 남지는 않았다는 점이다. 지나가는 차에 탄 영국인들이 동양인을 비하하는 욕설을 쏟아부을 때도 잠시 열받는 정도였다. 영어를 못한다고 식당종업원이 노골적으로 무시해도 그때뿐이었다. 혀 위에서 쨍하게 맵고 사라지는 태국고추처럼, 외국에서 이방인으로서 겪은 일들은 한국에 돌아온 순간 잊혀졌다. 내가 다시 돌아갈 일도 없을 공간에 있는 사람들은, 이제 내 알 바가 아니었다. 비행기를 타고 인천공항에 내리자마자 기적의 연고를 바른 것처럼 타국살이의 외로움은 치유됐다. 가끔 그 고달팠던 시간이 생각나기도 하지만 그저 작은 이야깃거리일 뿐이다.

반면에 가까운 이들의 무심한 몇 마디 말은 내 영혼의 뺨을 오랫동안 얼얼하게 했다.

동성 친구인 A는 성품이 따뜻해서 주변을 잘 챙기는 편이었다. 길거리에서 파는 작은 팔찌나 인형 같은 것들을 사서 "하나씩 같이 갖자."라고 말해 나를 감동시키곤 했다.

매사에 덤벙대고 생일이나 기념일 챙기는 데에도 젬병인 나와는 다르게 섬세한 결의 감수성을 지닌 친구였다.

그런 A와 길을 가고 있는데 우연히 아는 지인을 만났다. 길가에 서서 짧게 안부 인사를 나눴다. 그는 오늘이 마침 자기 생일이라고 했다. 생일인데, 부모님도 모르고 저녁 약속도 없단다. 그런 말을 들으니 그냥 지나치기가 좀 머쓱해졌다. 산 지 며칠 만에 다 읽은 소설책 한 권을 가방에서 꺼내서 그에게 생일 선물이라고 건넸다. 그는 정말 기뻐하며 고마워했다. 그가 시야에서 사라지고 나서 한 발짝 떨어진 곳에서 그 광경을 조용히 지켜본 A는 못마땅한 표정으로 딱딱하게 말했다.

"너 저 남자랑 친해?"

"어? 아니, 별로."

"근데 왜 그래? 좋아한다고 오해하게 하는 행동을 너는 종종 하더라."

"…어?"

그 자리에선 그저 고개만 갸웃하고 지나갔는데, 친구의 그 말이 오래도록 비수가 되어 꽂혔다. 생각이 꼬리에 꼬리를 물었다. 단순한 지적으로는 들리지 않았다. 처음에는 내가 잘못된 행동을 한 건가 생각했다. 다음에는 뭘 그렇게 다 안다고 내게 그런 말을 했나 하는 생각이 들며 기분이 나빠지기 시작했다. 그 한마디는 친구가 평소에 나를 어떻게 생각하고 있는지를 의심하게 했고, 동시에 나의 자존감까지도 마구 흔들어댔다. 가까운 사람이었기에 스치듯 던진 작은 말에도 상처를 받은 순간이었다.

우리는 그렇게 가까운 사람에게 알게 모르게 따귀를 맞으면서 살고 있다. 기어코 상처를 주고받는다. 사람을 만나는 이상 그런 상처는 피한다고 다 피할 수 있는 게 아니다. 그렇다면 우리에게 중요한 것은 그 상처를 받고 난 다음이다.

상처가 상처로만 남지 않으려면, 내가 상처를 받았고 앞으로 그런 상처를 받고 싶지 않다고 해서 관계를 대번에 끊거나 스스로를 자책하며 오래 웅크려있지 않아야 한다. A와는 그 이후로도 몇 번의 서운한 순간들이 생겼지만, 그만큼 고마운 순간들도 늘어갔다. 그런 여러 가지 농도의 긴 시간들을 거치면서 그때의 상처는 조금씩 희석이 될 수 있었다.

따귀 맞은 우리의 마음은, 관계를 이어가며 조금씩 치유가 되어간다. 타인과의 관계를 단번에 끊어내는 대신에 때때로 거리를 조절하고 긴 시간을 함께하게 되면 자가 치유의 힘이 생긴다. 날마다 꾸준하고 성실하게 운동을 한 사람의 근육처럼 단련된다. 여간한 일로는 쉽게 무너지지 않는 사람이 된다. 그렇게 지내다 보면 예전의 나와 비슷한 상처를 받아 주저앉은 다른 이에게 가끔은 먼저 다가가 손 잡아줄 수 있는 썩 괜찮은 사람이 되기도 한다.

당신은

____

____

사랑받기 위해
태어난 사람?

로맹 가리의 소설 《그로칼랭》의 주인공은 파리에 사는 서른일곱 살 직장인 쿠쟁이다. 그는 회사에서나 집에서나 늘 혼자다. 쿠쟁이란 위인은 텅 빈 지하철에 자리가 많이 있어도 누가 앉아있는 자리 바로 옆에 딱 붙어 앉는다. 매일 엘리베이터를 함께 탄다는 이유로 한 여직원을 짝사랑한다. 엉뚱하지만 짠한 인물이다.

그러다 우연히 2미터 20센티미터짜리 비단뱀 그로칼랭을 집에서 기르게 된다. 그로칼랭은 열렬한 포옹이란 뜻이다. 쿠쟁은 우울할 때마다 그 길고 긴 몸으로 자신을 칭칭 감아주는 비단뱀에게 폭 빠져서 정성을 다한다. 하지만 얼마나 외로운지, 그로칼랭에게 몸이 칭칭 감겨 있는 그 순간마저도 외로움과 고독은 해소가 안 된다.

> 그로칼랭은 그것을 이해하고 최선을 다해 몸을 늘여 나를 감아주지만, 때로는 그것도 부족해서 몇 미터, 또 몇 미터가 더 있었으면 하고 바라게 된다.
> 애정 때문이다.
> 애정은 내부에 구멍을 파고 자기 자리를 만들어놓지만, 막상 거기에 애정이 없기 때문에 의문이 생기고 이유를 찾게 된다.
>
> -《그로칼랭》, 로맹 가리, 문학동네

우리는 애정의 대상에 몰입하면 할수록 공허함을 느끼게 된다. 영원하고 절대적이지 않기 때문이다. 가족간에도 그렇다. 생각해보면 우리는 부모님의 사랑도 무조건이기보다는, 자식으로서의 역할을 충실히 할 때 받는 조건부라고 느낄 때가 있다. 어린아이도 엄마아빠가 좋아하는 게 뭔지 예민하게 알아차릴 수 있고, 부모가 원하는 것을 좇아 하려고 자신도 모르게 애를 쓰면서 성격이 형성된다고 한다.

나는 우리집에서 중간에 낀 신세다. 태어나 보니 언니만 한 명 있었지만, 3년 만에 동생 두 명이 더 태어났다. 어려서부터 웬만하면 형제자매간의 경쟁에는 참여하고 싶지 않았다. 그러면서 동시에 기왕이면 공부를 잘해서 부모님의 자랑이 되고 싶기도 했다. 네 자녀를 둔 우리 부모님의 진짜 속마음이 어땠는지와는 별개의 문제로, 내 기준에서 부모의 사랑은 늘 조건부 사랑이라고 느끼며 살아왔다.

새 신자가 교회에 처음 가면 목사님이 예배의 처음 혹은 말미에 이름을 불러주면서 자리에서 일어나거나 앞으로 나오라고 해서 장미꽃을 한 송이씩 준다. 어떤 곳은 성경책을 주기도 한다. 선물 증정 후엔 익숙한 멜로디가 흘러나온다. 교인들은 큰 소리로 노래를 부르기 시작한다.

> "당신은 사랑받기 위해 태어난 사람, 지금도 그 사랑 받고 있지요."

다 큰 어른들이 그 노래에 눈물을 주르륵 흘리는 것을 여러 번 봤다. 어릴 때는 전혀 이해하지 못했지만, 사회에 나가서는 어렴풋이 짐작하게 됐다. 외로운 어른들이 흘리는 눈물일 것이라고.

조건 없는 사랑이 있다고 처음 들었을 때, 그들은 감동을 받는다. 그동안 제대로 사랑받지 못하고 살아온 자신에 대한 측은함도 녹아 있을 것이다. 이제껏 누구도 자신에게 그렇게 말해주는 사람이 없었기에 서럽기도 할 것이다. 한 번도 받아보지 못한 무조건적인 사랑을 비단뱀에게 느꼈을 때 쿠쟁이 뜨거운 눈물을 흘렸던 것처럼.

사랑을 대하는 자세에 있어서 '받는 것'에 지나치게 가중치를 주면 곤란하다. 사랑을 받을 때는 더없이 행복하지만, 한번 외면받으면 걷잡을 수 없이 마음이 무너진다. 사랑을 받는 게 당연한 것인데 나만 예외가 됐다고 생각하면 그 우울감을 견딜 수 없다. 나만 혼자 그렇다는 느낌은, 자신을 실제 현실보다 더 나락에 빠진 것으로 착각하게 만든다. 그래서 애정이 거둬들여지는 순간 큰 충격을 받는다. 자존감이 흔들리고, 이제 나는 왜 살아야 하는 것인지 깊은 번뇌에 휩싸이게 된다.

이것은 사랑받기에 집착했던 나의 고백이기도 하다.

가장 뜨겁게 감정을 불태운 다음, 그 전까진 경험하지 못한 강도의 외로움을 혼자 감당해야 했을 때, 중심이 크게 흔들리며 휘청댔다. 내가 감당해야 하는 것 중에 가장 크고 힘든 것이었다. 여러번의 실패 이후에 내가 상대를 사랑하는 마음과 그 좋았던 시간만으로도 충분히 의미가 있다는 걸 깨닫게 됐다. 나를 자책하고 연민하기보다는 나를 더 믿게 됐다. 그 순간부터 나는 전보다 더 단단해졌다.

사랑받기 위해 태어난 사람이라는 말을 믿는가? 반드시

사랑을 받아야만 우리 삶이 가치 있는 건 아니다. 사랑을 받지 않고도 사랑을 줄 수 있는 사람이 우아하다. 스스로의 성장을 막고 자신을 해치는 사랑이라면 어떤 정당성도 인정될 수 없다. 굳이 다시 한 번 말하지만, 당신은 '사랑을 하기' 위해 태어난 사람이다.

아무도 모르는 마음 창고

한 해의 마지막 날, 친구 두 명과 종각역 앞 커피숍에서 만났다. 모두 기혼자인지라 대화 주제는 자연스럽게 결혼 생활로 흘렀다. 나보다 한참 결혼 선배인 친구 A는 한 스님의 강연 얘기를 꺼냈다. 괴로운 현실을 바꿀 수 없으면 자기 마음을 바꿔야 평화를 찾을 수 있다는 스님의 말씀에 고개를 끄덕거리다가도 돌아서면 실천이 전혀 안 된다고 한숨을 쉬었다.

"그야 뭐, 자신의 일로 닥쳤을 때는 누구나 말처럼 쉽지 않아."라고 다른 친구가 위로했다. 얼마 전에 본 강의 영상이 생각났다. 베스트셀러 저자인 대학교수가 출연한 유튜브 채널 영상이었다. 그는 역사부터 테크놀로지까지 정말이지 청산유수로 박학다식한 지식을 강의 내내 풀어놨다. 아이들에게 스마트폰을 보게 할지 말지 고민이라는 주부들 앞에서 교수는 아이들 손에 스마트폰을 쥐어줘야 한다고 단호하게 말했다. 아이들이 직접 스마트폰 사용 시간을 정하고 선택할 수 있게 해야 한다는 것이었다. 기술의 패러다임이 바뀌고 있는데 그걸 무작정 막기만 하면 우리 아이들이 경쟁력을 잃고 일찌감치 도태되고 말 거라는 논리였다. 열띤 강의가 끝나고 한 주부 방청객이 심각한 표정으로 조심스럽게 질문을 했다.

"교수님은… 그럼, 아이가 몇 살 때부터 스마트폰을 보게 해주셨나요?"

교수는 씨익 웃었다.

"그런 고민을 할 필요가 없었습니다. 전 자녀가 없으니까요."

질문자도, 방청객들도 모두 빵 터지듯이 웃었지만, 사실은 한 시간 동안 교수의 이야기를 열심히 들었던 게 조금은 허탈해진 순간이었다. 아무리 좋은 얘기를 들어도 자신의 삶으로 들어가면 각자 치열한 상황이 펼쳐지게 되니 말이다. 그 방청객의 벙찐 표정은 마치 이렇게 말하고 있는 것 같았다.

'교수님. 실전은 이론과 너무 다르걸랑요.'

결혼도 이론과 실전의 차이가 극명하다. 같이 살기 전에는 서로 꽤 비슷하다고 착각하고 있다가 곧 알게 된다. 서로가 얼마나 전혀 다른 사람인지. 전엔 그렇게 말이 잘 통하는 사람이었는데 기본적인 소통마저도 쉽지 않게 된다.

남편과 나는 서로 극과 극같은 성격이다. 일단 나와 다르게 남편은 논쟁을 피하지 않고 사람이 많이 모이는 자리를 좋아한다. 나는 책을 좋아하고, 남편은 책과는 거리가 멀다. 나는 정리정돈에 젬병인 반면 남편은 티셔츠도 색깔별로 그것도 그라데이션에 맞춰 분류하는 타입이다. 그렇게 전혀 다른 두 성인이 만나서 상대를 나의 기준대로 바꾸고 싶다는 감춰진 무의식을 드러내는 순간부터 불꽃 튀는 감정싸움이 시작된다.

살면서 나는 마음이 복잡하고, 내 마음을 제대로 표현하기 어려우면 일단 그 마음을 유리그릇 싸듯이 뽁뽁이로 칭칭 감는다. 그 다음 황색 테이프로 다시 감아서 상자에 넣고, 그 상자를 녹색 테이프로 밀봉까지 한다. 그리곤 내 마음의 지하실로 내려가 창고에 그 상자를 넣어둔다. 적절한 때를 만나면 꺼내 놓기도 하지만 살다 보면 그런 상자가 있었는지 까먹기도 하고, 혹시나 찾게 돼도 먼지가 잔뜩 내려앉아서 무슨 박스였는지 알아보기 힘들어지기도 한다. 그때그때 모든 마음과 감정을 터트리는 게 아니라 나 혼자

'쥐도 새도 모르게' 지하 창고에 넣어두고 끝내버리는 것이다.

집 한 채 갖기 힘든 세상이지만, 누구에게나 이런 '마음 창고' 하나씩은 있다.

결혼 생활을 하다 보면 그 각자의 마음 창고가 금방금방 차 버린다. 일단은 상대와 함께하는 시간의 총량이 압도적으로 많기 때문이다. 부부로 살면 감정이 가득 실린 박스들이 천장까지 금세 들어찬다. 꼭 나만 그런 건 아닐 것이다. 남들이 봤을 때는 금슬 좋은 부부처럼 보여도 각자 자신의 음습한 마음 창고에는 수백 수천 상자가 쌓여 있을 것이다.

"무사태평하게 보이는 사람들도 마음속 깊은 곳을 두드려보면 어딘가 슬픈 소리가 난다."는 나쓰메 소세키의 문장을 읽고 나서 소파에 널브러져 있는 남편의 모습을 바라보면 어딘가 외로워 보인다. 나와 함께 살을 부비며 사는 그의 마음 창고는 얼마만큼의 재고가 있는지 궁금해지기도 한다. 서로에게 그 어두운 마음 창고 하나씩 있다는 것을, 누구나 참고 쌓아두는 것들이 있다는 것을 아는 것만으로도, 타인과의 동거 생활은 조금 더 평화로워진다. 가족이라고 그때그때 표현하고, 모든 것을 알아야 할 필요는 없다. 이것이 나도 바꿀 수 없고, 상대도 바꿀 수 없는 이 속세에서 내가 찾은 평화의 길이다.

내 일기장을 훔쳐보는 이들

초등학교 선생님들이 학생들의 일기장을 검사하는 것은 아동의 사생활과 양심의 자유를 침해할 소지가 크다고 국가인권위원회가 판결했다. 중국에서는 열한 살짜리 소년이 자기 일기장을 훔쳐본 부모를 고소해서 떠들썩해진 일도 있으니, 세상이 참 많이 달라졌구나 싶다.

어릴 적 내 일기장은 팬시점에서 산 꽃무늬 하드커버였

다. 서랍에 넣어뒀는데 엄마가 내 일기를 훔쳐보고 있다는 걸 알게 됐다. 엄마가 아니었다면 범인은 두 살 위 언니였을 수도 있고, 두 살 아래 동생이었을지도 모르겠지만. 아무래도 그들은 자기 놀기에 바빴으므로 엄마만이 유력한 용의자였다. 작은 자물쇠가 있는 일기장으로 바꿨지만 열고 잠그는 게 여간 귀찮은 게 아니었다. 어느 날은 일기장 위에 교묘하게 머리카락을 하나 올려놓았다. 집에 돌아와 일기장을 확인해보니 머리카락은 사라졌다. 아, 심증이 굳어지는 순간이었다. '샤이shy 독자'가 있다는 걸 확인한 뒤로 나는 남이 읽어도 될 '순한' 내용들만 일기장에 적었다. 그러는 편이 플라스틱 자물쇠보다 더 안전했다.

엄마는 딸의 머릿속이 궁금했을까? 하지만 일기를 훔쳐보는 사람이 빠질 수밖에 없는 함정이 있다. 일기를 쓰는 사람의 생각이 시시각각 바뀐다는 것이다. 그 일기를 쓸 당시와 지금의 나는 다르다. 엄마는 그 글을 쓸 때의 나를 '진짜 나'로 단정지어버린다. 그 감정과 경험들에 대해서 나는 며칠만 지나도 "내가 왜 그런 말을 뱉었지?"라고 생각하며,

다른 내가 되는데도 말이다. 누군가 일기라는 '박제된 기록'으로 나를 평가하는 것은 나를 더 혼란스럽게만 만든다. 더군다나 그것이 가족이라면 더더욱 미칠 노릇이다. 그러므로 부모가 아이의 일기장을 보는 것은 확실히 어리석은 일이다.

가족이란 존재는 내 일기장을 훔쳐보는 이들이다. 은밀하게 보기만 하다가 가끔은 대놓고 관여를 한다. 인생의 중요한 길목에서 직장 상사처럼 최종 컨펌을 내고 싶어 한다. 부모들은 상반된 시그널을 보내서 자녀를 헷갈리게 만든다. 하고 싶은 걸 하면서 살라고 하면서도, 동시에 남들이 보기에도 그럴듯한 성공을 하기를 바란다. 뭔가 잘못되기라도 하면, 어른들 말 하나 틀린 것 없다면서, 자녀에게 찜찜한 죄책감을 안긴다.

어떤 어른들은 아이에게 말한다. 시키는 대로만 하라고.

그러면 실패할 일이 없다고. 어떤 아이들은 그런 말을 잘 듣다가 나중에서야 뒤늦게 자신이 원하지 않은 길로 들어섰다는 것을 알고 괴로워한다. 어른이지만 여태 아이처럼 살아온 삶을 후회한다.

아동심리학자 위니콧에 따르면 사람은 자신의 진짜 느낌과 본능적 욕구가 아니라 다른 사람들, 특히 자식의 입신양명을 바라는 부모의 뜻에 따라 자아를 형성한다고 한다. 그것이 우리의 '거짓 자기false self'다.

끝까지 거짓 자기로만 살 수는 없다. 살다가 어느 순간에는 부모의 기대를 배신해야 할 때가 온다. 선택도 본인이, 그 책임도 본인이 지는 것이 진짜 어른이 되는 순간이다. 자기 자신을 믿고 내리는 결정이 자신의 내면을 단단하게 하기 때문이다. 설사 그것이 실패일지라도 말이다.

나이가 들수록 결정을 경험칙에 의존한다. 경험칙은 관찰과 측정을 통해서 자신이 얻어낸 법칙을 말하는데, 보고 들은 게 많을수록 경험칙은 개인의 삶에서 더 굳어진다. 경험에 의한 통계로 결정내리는 것이 가장 안전한 길이라고 확신한다.

하지만 경험칙이 늘 옳지는 않다. 개개인의 삶은 통계로 결정될 수 없다. 실제 자신의 인생은 확률과는 거의 무관하고 수많은 우연들이 모여서 만들어진다. 되돌릴 수도 없다. 따라서 '내 말을 들었더라면' '그때 이렇게 했더라면' 하는 부모의 가정은 쓸모가 없다. 그래서 나는 가족의 일에 관해선 더없이 조심스럽고 겸손한 사람이 되고 싶다. 오늘도 참견하고 싶은 버튼을 끈다.

감정 배설 로봇

흥미로운 외신 기사를 읽었다. 영국의 한 콘퍼런스에서 카네기멜론대학 연구진이 선보인 '감정 배설 로봇'에 대한 연구 발표였다. 감정 배설 로봇이라니. 우울하거나 화가 날 때 이 로봇을 던지거나 때리고 찌를 수 있도록 고안됐다고 연구진은 설명했다. 유튜브에서 로봇 시연 동영상을 찾았다. 뭔가 특별할 거란 기대와 달리 로봇은 단순해보였다. 로봇이라기보다는 팬시점이나 길거리 노점상에서 흔하게 팔 법한 조악한 봉제인형에 가까웠다.

"꺄-꺄-꺄!"

인형이 내는 웃음소리가 기가 막히게 기분 나빴다. 웃음소리만 들으면, 악마의 인형 처키와 형 동생 하는 사이 같았다. 그 로봇(인형이란 단어가 더 어울린다)을 힘껏 내동댕이치면 그제야 웃음이 멈추었다. 동영상 후반부에는 또 다른 감정 배설 로봇이 등장했다. 삽살개처럼 털이 북슬북슬하게 나 있었다. 실험자는 거기에 날카로운 꼬챙이를 쿡 찔렀다. 그러면 로봇(역시 인형이란 단어가 더 어울린다)은 몸을 꿈틀거린다. 꼬챙이를 뽑으면 경련을 멈추고 잠잠해진다. 내동댕이치고, 찌르는 순간에 감정 배설이 이뤄진단다.

이제 막 돌이 지난 쌍둥이 조카들이 한창 애착인형을 하루 종일 물고 빨고 한다. 부드러운 베이지색 천으로 된 강아지 인형이다. 조카들은 아무 반응이 없는 인형이 질리지도 않고 좋은 모양이다. 하지만 조금만 더 크면 인형보다 더 재밌는 무언가를 찾아서 두리번거릴 것이다. 우리 모두가 그랬듯이 말이다. 한때 좋아 죽던 그 낡고 해진 인형은 장난감 상자 맨 밑바닥에 처박힐 것이고, 한 해만 지나도 어디 다른 데 주기도 뭣한 난감한 처지가 돼 헌 옷 수거함에 가차 없이 버려지게 될 것이다.

장난감을 떼고 나면 그때부터 감정 배설의 대상은 (슬프게도) 가까운 사람이 된다. 나는 스물다섯에 첫 직장에 들어가고 원룸을 얻어 혼자 살았다. 격주로 토일을 쉬었는데 딱히 원룸에서 할 일이 없어 고향집으로 내려갔다. 2주 내내 회사에서 흠씬 (말로) 두들겨 맞고 그로기 상태가 돼 부모님 집에 도착할 즈음에는 피로가 정수리까지 쌓여 있었다. 집 현관을 열고 들어가서 엄마 얼굴을 보기만 해도 그냥 짜증이 확 났다.

"엄마, 빨리 밥 줘."

"배고프지? 반찬이 없는데 뭐 시켜줄까? 아니면 나가서 먹을까?"

“아니, 나 올 줄 알았으면서 집에 먹을 것도 없어?”

그럴 때마다 엄마는 조금 슬픈 얼굴로 둘째 딸의 짜증을 묵묵하게 받아냈다. 주방에서 허둥지둥 허름한 반찬통을 있는 대로 꺼내는 엄마의 내려앉은 어깨와 굽은 등을 보면 나는 한층 짜증이 솟구쳤다. 시간이 지나고 알았다. 그 시절 나의 ‘감정 배설 로봇’은 엄마였다.

어떨 때는 나의 연인들이 감정 배설의 대상이 되기도 했다. ‘더 사랑한 죄’라는 오글대는 죄명을 뒤집어쓴 상대들은 액받이무녀처럼 그게 제 업보인냥 성실하게 내 짜증과 화를 받아냈다. 하지만 그들은 내 엄마가 아니었으므로, 내 분노를 무한정 받아주지 않았다. 짜증을 배설하면 할수록 나는 더 악한 사람이 돼서 더 무례해졌다. 나의 그런 찌질하고 못난 모습을 너무나도 속속들이 잘 아는 그가 싫어졌다. 그의 인내에도 한계가 다가왔다. 당연히 추한 이별이었다. 그때 나의 못난 모습을 철저하게 다 목격한 그의 기억이 두려워 나는 뒤늦은 후회에도 다시 연락할 용기를 내지 못했다.

어떨 땐 입장이 순식간에 뒤집히기도 했다. 바로 내가 감정 배설 로봇이 됐다. 어느 순간 정신 차려 보면 상대가 배설하는 오만가지 감정들의 오물을 몽땅 다 뒤집어쓰고 있었다. 돌아보면 시간은 허투루만 흐르지 않았다. 내가 상처를 주고, 상처를 받았던 딱 그만큼 나는 세상을 더 알게 됐다. 사람의 마음에 상처를 남기는 가해자가 된다는 것이 얼마나 무시무시한 일인지 알게 됐다. 몸이 아닌 마음에 남겨진 상처는 어쩌면 누군가의 일생 내내 그림자처럼 따라다닌다는 것 역시도 알게 됐다.

어쩌면 지금도 나는 은연중에 감정을 배설할 대상을 기어이 찾아내서 잔인한 칼날을 찔러 넣고 있는지도 모른다. 회사에서 가장 만만한 후배에게, 선량하고 오래된 친구에게, 나를 더 사랑하는 모든 이들에게, 전보다 은근하고 훨씬 더 교묘한 방법으로 내 앞에서는 피가 흐르지 않게 하면서도 꽤 예리한 칼날을 휘두르고 있는 건 아닐까.

어른다운 어른이 된다면 그때는 감정 배설 로봇이 없어도 될까? 모르겠다. 감정은 스스로 풀 수 있으면 가장 좋지만 그렇게 되기가 어렵다는 걸 알고 있기 때문이다. 그나마 내가 찾은 가장 어른스러운 방법은 감정을 '표현하는 기술'을 연마하는 것이다. 자신의 말과 기분을 정확한 단어로 표현함으로써 우리의 감정은 상당 부분 해소된다. 완전히는 아니어도, 많이 개운해진다.

우리는 다 안다. 손쉽게 얻을 수 있는 건 소중한 것이 아니다. 중요한 건 모두 다 가지기도, 지켜내기도 어려운 것들이다. 내가 타인에게 준 상처들을 찬찬히 돌아본다. 그것은 섬세한 관찰 없이는 불가능하다. 나 자신만 보는 것이 아니라 타인을 나와 같은 비중으로 놓고 보아야지만, 내가 누군가를 무자비하게 로봇으로 만들어버리는 죄는 짓지 않을 수 있다. 사람이 꽃보다 아름답다는 말에는 전적으로 동의할 순 없지만, 사람이 꽃보다 소중하다는 데에는 동의하니까.

감정 배설 로봇은 현대의 기술을 접목한 아이디어의 결과지만, '감정 배설 사람'은 무심함에서 비롯된 잔인한 결과다. 내 감정을 여기저기 가까운 이들에게 배설하는 우愚를 자꾸 저지르다가는 자칫 머리카락 수백 가닥이 든 수프를 원샷 하면서 느낄 정도의 엄청난 고통을 인생 말년에 느끼게 될지도 모를 일이다.

삶은 왜 이렇게 끔찍하단 말인가?

삶이란 머리카락이 둥둥 떠다니는 수프와 같다.

그렇지만 우리는 그 수프를 마셔야 한다.

-《플로베르의 앵무새》, 줄리언 반스, 열린책들

2부

내 맘 같은 친구는 없다

사랑의

애환

애환

애환哀歡이라는 단어는 슬픔과 기쁨을 동시에 아우르는 말이다. 교과서 문학 해설에 단골로 등장한다. 민초들의 애환이 담겨 있다, 실향민의 애환을 그렸다 등등… 어지간한 작품마다 애환이란 단어가 어울리지 않는 게 없다. 백종원의 만능간장처럼, 어디다 써도 그럭저럭 어울리는 만능용어다.

하지만 자세히 들여다보면 슬픔과 기쁨이 결코 사이좋게

지분을 나눠 가지지 않았다는 걸 알게 된다. 기쁨보다는 슬픔이 압도적으로 많다. 특히 마지막 중요한 순간은 여지없이 슬픔이다. 기쁨은 아주 잠깐, 그것도 슬픔으로 가는 도중에 아주 작고 사소한 순간에만 언뜻 비칠 뿐이다.

무라카미 하루키는 친한 친구의 딸이 결혼할 때 보낸 축사에서 이렇게 결혼생활을 정의했다.

"좋을 때는 아주 좋다."

결혼이 절대로 늘 좋을 수가 없다는 서늘한 진리가 숨겨 있다. 결혼에도 환歡보다 애哀가 압도적이다. 바탕은 무채색 애哀이고 드문드문 좋은 순간들이 밝게 덧칠돼 있다.

사랑이란 캔버스의 가장 화려한 색은 처음에 칠해진다. 흔히 불꽃이 튄다고 표현되는 순간이다. 그때는 모든 것이 다 좋아 보인다. 말 한마디, 작은 몸짓 하나에도 아름다운 의미가 부여된다. 제3자인 남들이 볼 때는 도무지 이해하지 못할 정도로.

나와 친한 한 남자는 사귄 지 얼마 안 된 여자친구와 주말에 한강 자전거 데이트를 했다. 여자친구는 운동신경이 떨어지는 편이라 한 시간도 안 돼 중도 포기하고 대신 남자친구의 자전거 속도에 맞춰 뛰기로 했다. 그는 자전거 속도를 줄였다. 자전거보다 몇 미터 앞에서 뛰던 여자친구는 자전거 바퀴가 밟고 지나가면 위험할 것 같은 작은 돌멩이나 쓰레기들을 길가 쪽으로 툭툭 치우면서 달렸다. 뒤에서 자전거 페달을 밟던 그는 그 모습에 순간 뭉클해졌다.

"내 앞길을 이렇게 치워주는 사람이라니!"

간만에 행복했고, 어쩐지 저 여자와 결혼을 할 것만 같다는 예감이 들었다고 한다.

이렇게 일상의 작은 순간, 소소한 행동마저도 사랑하는 이에겐 더없이 중요한 의미가 된다. 결혼을 하고 한참이 지나서야 남편에게서 이 자전거 에피소드를 듣게 됐다. 내가 배우자의 앞길을 치워주는 사람이기는커녕 자기 앞가림에도 전전긍긍해 하는 걸 보고, 그때 본인이 뭔가에 단단히 씌여 인생의 큰 오판을 했다는 항의성 고백일지도 모르겠다.

나란 인간은 역시 평이한 레벨의 사랑만 할 줄 아는 인간이다. 여동생과 바람을 피운 남편을 끝까지 사랑한 프리다 칼로의 사랑을 이해하지 못한다. 꽃을 그릴 때마다 난생처음 본 것처럼 그렸다는 화가 모네의 성실함과도 거리가 있다.

그저, 남이라고 생각할 뿐이다. 남이라고 하니 어감이 차갑지만 그렇지 않다. 아주 조심해야 하는 존재라는 걸 강조하기 위한 단어일 뿐이다. 상대를 잘 안다고 자만하지 않는다. 상대가 언제든지 완벽한 타인이 될 수 있는 가능성과 자유를 가지고 있기 때문이다. 떠날 수 있는 존재가 떠나지 않고 나와 함께 있다는 사실을 잊지 않으며 고마워한다.

그래야 겨우 노력이란 걸 한다. 슬픔의 비중이 큼에도 불구하고 관계가 유지되기 위해 조심하며 지뢰를 밟지 않으려고 애쓰게 된다. 그런 마음은 아주 구체적인 노력들로 표현된다. 돈 얘기는 조심스럽게 할 것, 각자의 가족에 대해선 더더욱 조심스럽게 말할 것, 어지간한 일은 알아서 할 것, 서로의 옷차림에 따뜻한 관심을 둘 것 등등이다. 기분이 나쁠 때는 자극하지 않고, 내버려두길 원하면 내버려두고, 배려받길 원하면 배려해주기 같은 것들이다.

가끔 생각나지만 통화 버튼을

누르지 못하는 사이

고등학교 때부터 알고 지낸 친구 L이 있다. 나는 안암동, L은 회기동에 있는 대학에 가면서 더 친해졌다. 사는 자취방도 걸어서 15분 거리로 가까웠다. 돈이 떨어지면 친구 원룸에 가서 라면을 끓여먹고, 맥주도 마셨다. 지질하기 짝이 없는 연애 이야기부터 1차 서류전형에서 줄줄이 떨어지던 취업 암흑기까지 엇비슷한 고민들을 공유했다.

언론사에 취업하면서 내가 먼저 바빠지기 시작했고, L은 얼마 뒤에 프리랜서의 길을 택했다. 짧은 안부는 간간이 이어졌지만 각자의 생활 반경과 업무 패턴이 달라지면서 만남은 연례행사가 됐다. 몇년 뒤, L은 결혼을 하고 아이를 낳았다. 어느 날 취재를 하고 있는데 전화가 왔다.

"이것 좀 기사로 써줄 수 있을까."

얘기를 들어보니 L의 아이는 작고 예뻤지만 장애를 갖고 태어났다. 머리가 일정 크기 이상 자라지 않는 병이었다. 그런 병을 가진 아이들이 받는 수술이 있다고 했다. 두개골 사이를 작은 핀으로 벌려 뇌가 자랄 공간을 미세하게 넓히는 수술이었다. 환아 부모들의 유일한 희망이라고 했다. 하지만 보건당국이 수술의 유효성이 입증되지 않은 의료행위로 판단하면서 수술할 길이 막히게 됐고, 부모들은 이 결정에 반발하고 있는 상황이었다.

친구의 말을 다 듣고 나자 가슴이 무거워졌다. 연애 고민을 나누던 친구가 이젠 한 생명의 무게를 오롯이 짊어진 엄마가 되어 있었다. 당시 나는 경제부 소속이어서 직접 취재할 수 없었다. 대신 보건복지부를 출입하는 선배에게 제보 내용과 친구 연락처를 전달했다. 몇 주가 지나도 기사는 나오지 않았다. 궁금했지만 제보의 경중을 판단해 취재를 결정하는 것은 전적으로 담당 기자와 해당 부서의 재량이기에 나는 선배에게 왜 기사화되지 않고 있냐고 차마 묻지 못했다.

그때 L은 아픈 딸을 위해서 백방으로 뛰고 있었다. 그러다 보니 도움이 안 되는 친구들에게 때로 예민하고 성마르게 화를 내기도 했다. 전엔 본 적 없는 모습이었다. 내가 기사를 직접 챙기지 않는다는 것에 L은 서운해하는 눈치였다. 그렇게 시간은 어영부영 흘렀고, 소식이 끊기면서 우리는 서로의 일상에서 퇴장해버린 사이가 됐다. 가끔 생각이 났지만 영영 통화 버튼을 누르지 못했다.

어린 시절 친구와 뛰놀았던 기억은 우리 인생에서 좋은

추억으로 남는다. 떡볶이 한 접시에 네 명이 달라붙어서 먹으면서도 뭐가 그렇게 좋았는지. 만화책이 너덜너덜해질 때까지 돌려보면서 킥킥대던 그 시절을 생각하면 웃음이 난다. 하지만 성인이 되어 만난 사이에서 이렇게 달콤하기만 한 우정은 좀처럼 만나기 힘들다. 나는 소식을 끊은 L 탓을 했다가 또 어느 날에는 불쑥 내 이기심을 자책하기도 하면서 그 양극단을 시계추처럼 왕복했다.

누구 한쪽의 일방적인 잘못이나 모자람의 문제는 아니었던 것 같다. 그것은 그냥 그렇게 되어버린 순간이었다. 시야가 좁아진 두 사람이 타인이 잘 보이지 않는 시간을 하필이면 동시에 지나가고 있었던 것이다. 세상에는 당사자만이 아는 고통이란 게 있고, 그 고통은 필연적으로 외로움을 동반한다. 아무에게도 완전히 이해받지 못하기 때문이다. L과 나는 각자 더 중요(하다고 생각)한 것에 집중하고, 덜 중요(하다고 생각)한 것을 포기했다. 우리의 선택이었다.

평화롭게 '자연 소멸'된 우정은 아름답게 퇴장하지만, 그렇지 못한 어른들의 우정은 잔인하다. 한순간에 돌변해 씻을 수 없는 상처를 남기고, 갑을 관계로 둔갑하기도 한다. 허망하기도 하다. 로또 1등에 당첨돼 40억 원을 타게 된 60대 남자는 급전이 필요하다고 찾아온 친한 친구들에게 차용증도 없이 돈을 빌려줬지만 15년이 지난 지금까지 단 한 명도(!) 돈을 갚은 친구가 없다고 씁쓸하게 털어놓기도 했다. 현실 앞에서 우정은 늘 이렇게 무력하다.

하지만 시간이 많이 흘러 L과의 지난 일을 반추하면서 깨달았다. 내가 당시 나의 선택에 후회를 하고 있다는 것을. 내가 누군가의 아픔에 깊이 공감하지 못하면 나도 모르는 사이에 시야가 좁아지게 되고, 그것이 상대에게 상처를 준다는 것을. 인간관계를 맨 마지막에 놓으면 비극은 쉽게 찾아온다는 것을 알게 됐다. 그 어려운 것을 해내려고 부단히 애쓸 때, 우리는 덜 엉망진창인 사람이 된다.

진짜 친구,

가짜 친구

《식객》의 허영만 만화가가 한 TV 프로그램에 출연해 전라도 순천 한정식 한상을 마주했다. 허화백은 화려한 음식들을 마다하고 작은 종지에 담긴 젓갈부터 향했다. 흰쌀밥에 젓갈을 조금 얹어 한 숟가락 먹고 나서 이내 만족스런 미소가 퍼지며 하는 말이,

"아, 역시 사람이고 음식이고 뒷맛이여."

밤이 늦은 시간 버스 정류장에 서 있다 보면 일부러 들으려고 한 게 아닌데 통화하는 소리가 귀에 들어올 때가 종종 있다. 몇 주 전 광화문 버스 정류장에 서 있을 때도 그랬다. 옆에 있던 누군가가 안내판에서 버스 도착 시간을 확인하더니 주머니에서 핸드폰을 꺼내 통화를 시작했다.

"자? 어, 아니, 그냥 전화했지. 그냥. E랑 만나서 얘기하고 헤어지는 길이거든. 응, 그냥 전화한 거야. 너 뭐 하나 하고."

특별한 용건이 없는 것 같으면서도 자잘한 이야기들로 이어지는 대화의 내용으로 미루어보건대 그녀는 한 친구와 헤어지고 나서 다른 친구가 생각이 났던 것 같다. 지친 목소리로 통화를 이어가는 그녀를 보면서 오늘 만남이 그다지 '뒷맛'이 좋지 않았구나 싶었다. 그럴 때가 있다. 만나서 웃고 떠들고 맞장구를 쳤는데 돌아서고 나서는 왠지 평소보다 더 외로운 것 같고 괜히 헛헛해지는 순간들.

반대로 자주 만나지 않는데도 한번씩 볼 때마다 은은하게 좋은 감정이 이어지는 친구 사이도 있다. 나도 오래된 친구 H가 별 인사도 없이 만나자마자 내 등짝을 한 번 때리고 나면 그게 그렇게도 기운이 난다. 그런 친구와 만나면 안부를 묻고 소소한 고민을 나누면서, 실없는 말 하나에도 웃음이 팝콘처럼 톡톡 터진다. 헤어지고 나서는 다시 잘 살아보자 하는 긍정적인 생각들이 다시 기운을 차리고 고개를 살며시 내민다.

사람들은 '진짜 친구'가 없는 외로움을 토로한다. 철학자 루소는 타인들 사이에서 둘러싸여 있을 때의 외로움을 두고 "차라리 사막에서 혼자 사는 게 훨씬 덜 힘들 것"이라고 말했다.《명심보감》에는 "술 먹고 밥 먹을 때 형, 동생 하는 친구는 천 명이나 있지만 급하고 어려울 때 막상 날 도와주는 친구는 한 명도 없다."라는 구절이 있다. 주변에 사람이 없는 게 아니라 친구란 이름의 타인들이 정작 자신을 더 외롭게 만든다는 것이다. 단전에서부터 끌어올린 그들의 한숨 소리가 여기까지 들리는 것 같다. 아, 내 한숨 소리였구나.

진짜 친구는 뭐고, 가짜 친구란 또 뭘까.

나도 쭉정이를 털어내고 '진짜 내 편'만 골라내고 싶었다. 그래서 친구 중에 이기적인 구석이 있는 친구를 골라냈다. 매사에 냉담한 친구들도 멀리했다. 위로나 격려 대신에 무신경한 말을 툭툭 내뱉었거나 남의 편을 들고 나를 제멋대로 평가했던 친구들도 인성 미달로 탈락시켰다. 그러다 보니 말이 그럭저럭 통하고, 나와 비슷한 환경에서 비슷한 수준의 일을 하는 사람들과만 연락하고 만나서 듣기 좋은 뻔한 말들만 주고받게 됐다. 싸울 일은 줄었지만, 동시에 쓴소리 하나 해주는 이도 없었다. 한명 한명 내 기준 밖으로 밀어내다 보니 어느새 절친이라고 자신할 만한 친구는 단 한 명도 꼽지 못했다.

그렇게 '인맥 다이어트'를 하면 할수록 내가 제자리걸음을 하고 있다는 불길한 확신이 들었다. 내가 단단히 잘못 생각했다는 것을 깨달았다. 친구는 몇 년 동안 하루도 안 빠지고 만나다가도 어느 순간부터 한 번도 안 만나게 될 수도 있는 사이다. 본래부터 불공정하고 불안정하다. 말로는 '남들이 안 볼 때 몰래 내다 버리고 싶다'고 해도 그럴 수 없는 가족과는 근본부터 다른 관계다. 그걸 친구의 속성으로 받아들이는 데에 적지 않은 시행착오를 겪었다.

어려울 때 힘이 되는 친구가 진짜 친구다? 이런 기준 앞에서 나를 포함해 우리 모두는 필패必敗할 수밖에 없다. 결정적일 때 우리는 언제나 혼자다. 친구는 위기에서 나를 구원해주는 존재가 아니다. 어려울 때 힘이 되어 주지 않았다고 진짜 친구가 아닌 것은 아니다. 그때는 그저 혼자서 견뎌야 하는 순간일 뿐이다. 오지랖이 넓은 동시에 시간적 여유와 경제적 풍요로움, 공감능력 등등 까다로운 조건들이 동시에 충족되는 희귀한 사람들을 친구로 둘 확률은 로또 당첨 확률과 비슷하다. 내가 누군가의 로또일 확률도 0에 수렴한다.

'친구의 정의'를 타이트하게 정해놓고 나머지는 군살 빼듯이 다이어트한다면 우리는 어쩌면 인생의 여러 성장 기회들을 놓치게 된다. '너그럽다'의 사전 정의를 찾아보니 '감싸서 받아들인다'는 뜻이다. 타인을 단칼에 끊어내는 것보다 타인에 너그러워지는 것이 더 큰 용기가 아닐까.

'진짜 친구는 이래야 한다'는 식의 이상적인 정의를 느슨하게 내려놓고 기대치를 낮춰보자. 친구는 낯익은 타인이다. 내가 어려울 때 도와주는 보험 같은 존재가 아니다. 각각의 삶을 중심으로 돌아가는 존재다. 그렇게 인정하는 것이 건강한 관계의 첫 단추다. 나 이외의 것 중에서 바꿀 수 있는 건 거의 없다. 환경도 그렇고, 사람은 더더욱 그렇다. 다름을 받아들이고, 나와 너 사이의 거리를 인정해야 한다. 그렇게 우리는 친구와의 관계에서 틈을 만들어내야 한다. 너그러움이라는 숨쉴 틈을.

나를

무너지지 않게
하는 것

친구에 대한 신의가 뿌리째 흔들리는 경험은 내 곁에 유독 약아빠진 이들만 모여 있기 때문에 아니라 우리가 과거와는 다른 세상에 살고 있기 때문이다. 지금은 바야흐로 비밀이 불가능한 시대다. 예전과 달리 마음만 먹으면 바람핀 배우자의 뒤를 밟지 않고도 쉽게 불륜의 증거를 수집할 수 있다. 상대방의 얕은 우정 역시 쉽게 알아챌 수 있다.

과거의 우정은 목숨을 내놓을 수 있을 정도로 무거운 신념이었다.

《베니스의 상인》에 보면 두 청년의 우정 이야기가 나온다. 청년 바사니오는 외국여행을 갔다가 스치듯 만난 미모의 여성과 결혼을 하고 싶어 했다. 하지만 금수저 그녀와 달리 그는 유흥비를 흥청망청 쓰다 보니 이젠 빚까지 지면서 근근이 버티는 처지다. 사랑에 눈멀고 주머니 가벼운 청년 바사니오가 마지막으로 기댈 데라곤 짱짱한 인맥뿐이었다. 그는 가장 친한 무역회사 CEO인 안토니오에게 자신의 상황을 솔직하게 털어놓으며 손을 벌렸다.

"오, 안토니오. 내가 만일 이들과 경쟁하여 한자리를 차지할 재력만 있다면 물어볼 것도 없이 운이 아주 좋아서 성공할 거라는 예감이 든다네."

"알다시피 내 모든 재산은 바다에 나가 있고 가진 돈도 없는 데다 현금을 마련할 물건도 없다네. 그러니까 나가서 베니스에서 내 신용이 어떤지 시험해 봐, 극단적인 무리를 해서라도 벨몬테의 아름다운 포셔에게 갈 채비를 해 줄 테니."

–《베니스의 상인》, 윌리엄 셰익스피어, 민음사

안토니오는 자신이 내뱉은 말처럼 정말 '극단적'으로 행동한다. 악덕 사채업자 샤일록에게 신용담보대출을 받아서 바사니오의 결혼자금을 대준 것이다. 부잣집 결혼자금이라고 하니 아마 못해도 수억 원은 됐을 거다.

제 날짜에 빚을 안 갚으면 심장에서 가까운 살점 1파운드(스팸 2개 정도)를 내놓겠다는 엽기적인 인육 계약에 발목이 잡혀 안토니오는 죽을 위기에 빠진다. '빚보증=패가망신+야반도주'란 공식을 잘 알고 있는 우리네와 달리 대출에 경계심이 느슨했던 걸까. 우려했던 대로 그 고위험 신용대출은 목숨을 내어 놓아야 하는 비극의 씨앗이 된다. 하지만 결정적 순간에 바사니오가 돌아오고 극적인 기지로 그는 위기에서 벗어난다. 이야기는 권선징악 식으로 훈훈하게 마무리된다.

어릴 때는 이 이야기가 이상적 우정과 의리, 지혜를 보여주고 있다는 선생님의 설명을 듣고 그저 고개를 끄덕였다.

"친구를 위해 심장 옆 살을 내놓겠다고 하다니 대단하다!" "친구를 위기에서 결국 구해 내다니 멋지다!" 마음 한쪽이 조금 뭉클하기도 했다.

하지만 삼십 대인 지금에 다시 읽어보니 이것은 내게 '천하의 몹쓸 친구'란 어떤 유형인지 경고하는 이야기로 다가왔다. 유흥비로 돈을 탕진해놓고 거액을 빌려달라고 손 내밀어서 친구를 생사의 위기로 몰아넣는 행위야말로 심장 옆 살점으로 복수를 노리는 '악덕 유대인 고리대금업자' 샤일록보다도 더 파렴치하고 뻔뻔한 게 아닌가. 게다가 돈을 빌려줄 당시 친구는 중증의 우울증에 빠져 있는, 심신미약 상태였다는 거. "이놈의 우울증 때문에 난 이제 멍청이가 된 듯 뭐가 뭔지 내가 누군지도 모를 지경이야."라고 친구가 눈앞에서 병증을 고백하는 데도, 기어코 돈을 빌려서 사랑 찾아 떠나는 이 '금사빠' 남자의 이기심이란!

순수한 사랑의 표본으로 전해지는 《로미오와 줄리엣》이 실은 셰익스피어가 사랑의 어리석음을 꼬집으려는 의도로 쓰였다는 점을 생각해볼 때 《베니스의 상인》도 마찬가지로 인생에 폭탄 같은 위험한 우정의 속성과 친구의 이기심을 지적하려는 의도는 아니었을까? 무턱대고 사람을 믿는 것이 얼마나 어리석은지 말해주고 싶었던 게 아닐까? 내가 돈(빚)의 힘을 너무 많이 목격해버린 탓일까? 이 극을 썼을 때 셰익스피어의 나이 서른두 살. 적은 나이가 아니었으니 돈의 무서움을 모르지 않았을 텐데 말이다. 영국의 한 작은 교회의 차가운 대리석 바닥 아래에서 영면에 들어 있는 대문호 셰익스피어만이 그 진실을 알고 있을 것이다.

나는 이상적인 우정의 모습을 스티븐 킹 소설이 원작인 영화 〈그것It〉에서 찾았다. 영화에는 왕따 아이들 일곱 명이 뭉친 '루저 클럽'이 나온다. 지질하다고 놀림을 받으면서 아이들은 무서운 뭔가It가 나온다는 흉가에 들어가게 된다. 다들 꺼리는 곳인데도 아이들은 흉가의 문을 열고 들어간다. 어떻게 그럴 수 있을까? 한 명의 말 때문이다.

"자신은 없지만, 생각만 하고 있을 수는 없어."

용기는 거창한 게 아니라, 딱 1초를 더 견디는 것이라고 한다. 딱 1초. 루저 클럽은 혼자 있다면 절대 열지 못할 문 앞에서 함께라는 이유만으로 1초의 용기를 얻고, 움츠린 어깨를 편다.

"에게, 겨우 그거?"라고 실망하면 "응, 그 뿐이지, 뭐."라고 시큰둥하게 말하겠지만, 우리는 알고 있다. 큰 위기를 마주한 순간, 1초를 더 견디게 해주는 용기가 나를 무너지지 않게 하는 큰 힘이 된다는 것을.

나는 소울메이트라는 칭호는 심장을 내어줄 정도의 우정을 가진 안토니오가 아니라 루저 클럽 친구들에게 어울린다고 생각한다. 그리고 소울메이트를 '영혼이 통하는 친구'라는 진지하고 무거운 단어 대신에 호의, 관심, 응원, 안부로 번역할 것이다. 작지만 반짝거리고, 뜨겁진 않지만 따스함이 있는 단어들로 말이다.

우정의 솔기는

____

____

확 찢어내면

안 돼

우정은 연인과의 사랑보다 힘든 것이다. 사랑처럼 끈끈하고 강력한 접착제도 없이 상대에 대한 호의만으로 유지되는 것이기 때문이다. 패리스 힐튼과 킴 카다시안 사이처럼 베스트 프렌드인지 앙숙인지 공주님과 하녀인지 헷갈리는 할리우드 스타들의 요란한 우정이 아니라면 말이다.

어떤 사람은 평생에 걸쳐 제대로 된 친구 한 명 갖기도 어렵다. 다섯 번의 자살 시도 끝에 스스로 목숨을 끊어버린 일본의 비극적인 소설가 다자이 오사무는 자전적 소설에서 "살면서 단 한 번도 우정이라는 것을 느껴본 적이 없다."라고 깊은 절망감을 고백하기도 했다.

우정도 사랑과 마찬가지로 한쪽이 일방적으로 노력한다고 해서 되는 것이 아니다. 자연스럽게 끝나는 인연도 있고 어느 한쪽의 일방적인 해석과 오해들로 절교의 순간을 갑작스럽게 맞기도 한다.

나는 서른 살이 넘어 그런 식으로 한 친구에게서 절교를 '통보'받았다. 연인과의 이별에서 받은 상처보다도 더 컸다. 평화롭게 공원을 산책하고 있는데 갑자기 지뢰를 밟아버린 기분이랄까. 사소한 오해로 멀어진 관계는 예전으로 돌아가지 못했다.

글쓰기 플랫폼 '브런치'에 가끔 글을 쓰고 있는데 독자들이 어떤 검색어를 입력해서 내 글을 읽게 됐는지를 알 수 있다. 그런데 생각보다 '절교 방법'이라고 검색해서 내 게 시글까지 흘러들어와 클릭하는 경우가 많다. 친구와 절교 문제 때문에 말 못하고 고민하는 이들이 많은 것 같았다. 나는 우정의 끝맺음을 고민할 때마다 언젠가 읽고 컴퓨터 파일에 따로 메모해둔 이 글을 꺼내 다시 한번 천천히 읽어 보곤 한다. 어떤 정신과전문의의 상담 서적보다도 도움이 된, 로마시대 정치가이자 철학자인 키케로의 절교에 대한 조언이다.

"우정의 솔기는 확 찢어내기보다는 한땀 한땀 따는 것이 더 낫다네.
만약 성격과 취향, 정치적 견해가 서로 달라 헤어질 때라도 우정이 소멸되었을 뿐만 아니라 적대관계가 시작된 듯한 인상을 주지 않도록 유의해야 하네.
왜냐하면 가깝게 지내던 사람을 적대시하는 것보다 더 수치스런 일은 없기 때문이네.
따라서 되도록 우정에 금이 가지 않게 하는 것이 중요하네.
그러나 정말 조심해야 할 것은 우정이 심각한 적대

관계로 바뀌지 않게 하는 것일세.

한번 맺었던 옛 우정은 여전히 존경받아 마땅한 것이어서 모욕을 받는 쪽보다 모욕을 주는 쪽이 잘못하는 것이라네.

이런 불편을 예방해줄 수 있는 안전장치는 한 가지밖에 없다네.

너무 서둘러 사랑하지도 말고 그럴 가치도 없는 자들을 사랑하지 말라는 것이네."

-《노년에 관하여 우정에 관하여》, 마르쿠스 툴리우스 키케로, 숲

이 로마 현자의 조언은 첫 번째, 좋은 친구가 될 만한 대상과 가까이하기. 두 번째, 천천히 친해지기. 세 번째, 좋은 관계가 유지되도록 노력하기. 네 번째, 어떤 이유로 헤어지더라도 서로 상처를 주지 않도록 조심하면서 끝내기다. 이는 친구 뿐 아니라 모든 인간관계에 고스란히 적용할 수 있는 매뉴얼이기도 하다.

한번 손상된 관계가 다시 복구될 수 있는지 아닌지는 냉정하게 따져보아야 한다. 크게 부서진 가구는 아무리 붙여

도 전보다 약하고, 찢어진 옷도 새 옷처럼 완전히 돌아가기가 어렵다. 사태 봉합도 안한 채 무조건 참는다면 결국 오래 가지 못하거나, 억지로 이어가는 관계일 뿐이다. 가끔은 무례하지 않은 선에서 한번 솔직하게 털어놓는 것도 방법이다. "넌 이래서 이기적이고 못된 성격이야, 그래서 싫어." 라는 비난이 아니라 어떤 구체적인 상황과 그때 자신의 마음을 담담하게 털어놓는 것 말이다.

그런 노력에도 불구하고 절교를 했다고 자책으로만 흐르는 것은 좋지 않다. 이번 일이 상대와 나의 상황에 따른 판단인가, 아니면 내가 지금까지 모르고 있던 상대의 본심이 이참에 드러나는 것인가. 최선을 다해서 객관적으로 생각해보려고 애쓰는 시간이 필요하다. 내가 생각하는 나와, 친구의 시선에서 바라보는 나를 분리해 생각해보는 것도 그 일 자체로 내가 무너지지 않을 수 있는 방법이다.

우리는 우정의 솔기를 확 뜯어내지 않고 한땀 한땀 풀어낼 수 있을까. 갈등이 있는 관계는 그만큼 가깝기 때문에 일어나는 일들이다. 혹여 우정의 솔기가 한번에 확 뜯어져

천이 찢어진다고 하더라도 그 아름다웠던 옷감이 내 몸을 감쌌을 때의 추억과 기억은 소중하게 내려놓자. 그 순간을 기억하면서 존중하고, 다시 그러지 않겠다고 다짐하면서 우리는 앞으로 나아가야 한다.

평가 절하된

여자들의 우정

프레너미Frienemy란 단어를 들어본 적이 있는지?

프레너미는 '친구friend'와 '적enemy'의 합성어인데, 사랑과 미움을 오가며 유지되는 친구 관계를 이르는 말이다. 우호적인 척하지만 속으로는 경쟁심을 품고 있는 존재, 앞에서는 친한 친구라고는 하지만 뒤에선 험담하고 질투하고 모함하기까지 하는 경우를 아우른다. 한마디로 친구의 탈을 쓴 경쟁자랄까.

대체로 영화나 TV에서 젊은 여배우들이 이런 프레너미 역할을 맡는다. 친구가 살을 빼거나 예뻐지면 눈을 옆으로 흘기면서 시샘한다. 한 남자를 사이에 두고 갑자기 원초적인 질투 감정을 드러내면서 망가지는 모습은 관객이나 시청자들의 웃음코드로 소비된다.

반면에 남자들 사이에서는 이런 프레너미가 두드러지지 않는다. 대신 남자의 우정에는 의리라는 단어가 자주 따라붙는다. 탤런트 김보성이 말끝마다 무턱대고 "의리!"라고 외칠 때마다 나는 웃으면서도 '사나이들의 찐한 우정'이 그들만의 전유물인가 싶어 영 소외감이 든다. 영화에서 남자들의 우정은 사랑보다도 앞설 정도로 값지게 그려진다. '버디무비'에서 '버디buddy'는 여자가 아니라 남자끼리의 친구만을 의미한다. 미국에서 '건국의 아버지'라는 벤저민 프랭클린은 "만약 어떤 여자의 결점이 알고 싶다면, 그 여자의 친구들에게 그 여자를 칭찬하라."며 여자들의 우정을 비하하는 말까지 했다. 여자는 속 좁고 예민하다는 편견이 참으로 노골적이다.

나는 은근하게 오래가는 인간관계를 지향하고 있지만 그건 내 의지만으로 이루어지는 문제가 아니다. 우정이 화단 속 꽃 가꾸기처럼 일방적일 수는 없는 노릇이다. 내 의지와는 별개로 어떤 우정은 수명을 다했다. 나름의 노력을 했지만 관계가 복원되지 않았다. 내가 문자 메시지를 보내도 답장이 오지 않았다. 마음 아파하는 나에게 남편은 혼잣말하듯 말했다.

"여자들의 우정이란 참 얕단 말이지."

그리고 얼마 되지 않아 그의 우정이 시험대에 올랐다.

남편은 회사에서 친한 동기들과 마치 대학 동아리 친구들처럼 붙어다녔다. 결혼을 할 때 시시콜콜한 고민을 공유했고, 퇴근하고 맛있는 것을 먹으러 다녔다. 누가 봐도 끈끈한 동기사랑 그 자체였다. 그러다 올해 남편이 그들 중에서 가장 먼저 승진했다. 그러자 그들의 반응이란 게, 남편의 예상과는 달랐다.

"다른 사람도 아니고, 네가 승진해서 그게 열이 받는 거야, 난!"

그놈의 우정은 그날로 금이 갔다. 남편은 자신의 삼십 대가 통째로 부정당한 것 같다며 정말이지 참담해했다. 밟고서 있던 땅이 싱크홀처럼 꺼지는 느낌이라고 했다. 고등학생들처럼 개구지게 놀던 모습은 사라지고, 잔뜩 풀 죽은 넥타이 부대원 한 명이 외롭게 남아 있었다. 나는 각자 다 자신의 입장에서 생각하기 때문에 그들은 충분히 서운하고 질투도 느낄 수 있지 않겠냐고 말했다.

남편이 너무 슬퍼했기에 그 자리에서 "거봐, 여자들의 우정이랑 남자랑 뭐 다른 게 있어?"라고 상처에 소금 뿌리고 싶지 않았다. 그렇지만 속으로 생각했다. 역시 남자든 여자든 우정 앞에서 별반 다르지 않다. 남의 슬픔에는 공감하고 도와주려고 하지만, 좋은 일에 정말 마음속 깊이 기뻐해주기는 쉽지 않다. 특히 자신과 조금이라도 관련이 있는 일이거나 한 분야에 같이 몸담고 있는데 친구가 잘 되는 걸 보는 건 상대적으로 자신의 모습이 초라해질 수 있어서 더욱 그렇다. 동시에 출발했고 어깨를 나란히 하면서 달리고 있다고 생각했는데 어느 순간 누군가가 앞서 있다고 생각하게 되면 질투가 날 수밖에.

10년 우정의 깊이를 알아버린 남편은 여전히 그들과 종종 술자리를 하지만 더 이상 속 깊은 이야기는 하지 않게 되었다. 남자인 자신에게는 예외라고 생각했던 프레너미가 바로 가까이에 있었음에 씁쓸했다. 남자보다 여자의 우정이 더 낫거나 못하다는 게 아니라, 견고해 보이는 우정도 개인의 욕망과 부딪혔을 때 쿠크다스나 포테이토칩처럼 너무나도 쉽게 부서진다는 걸 인정했다.

실망스러운 우정의 민낯을 보여준 일련의 사건을 겪으면서, 나는 내가 지켜나가고 있는 은은한 우정의 면면을 가만히 되돌아보게 됐다. 몇몇 안 되는, 소박하게 남아 있는 우정 말이다. 시간이 흐를수록 나와 내 친구들은 서로를 보살펴주면서 나아가고 있다. 회사생활에서 그리고 결혼해서 남편과 시댁과의 관계에서 약자 위치에 놓이기 쉬운 우리는 서로의 상태를 길게 말하지 않아도 미루어 짐작하면서 공감하고 있다.

나의 가장 오래된 친구는 그 인연이 20년이 넘는다. 하지만 나는 왠지 한 명의 친구를 만난 것 같지 않다. 여러 겹으로 된 친구를 만나는 느낌이다. 그 친구뿐만이 아니다. 여자 성별을 가지고 태어난 내 친구들은 그런 인생의 굴곡을 만날 때마다 꼭 새롭게 다시 태어나는 것 같다. 신기한 일이다.

내가 아는 바로 그 친구인데도 꼭 내 친구 같지 않은 모습으로 몇 번씩 힘겹게 내 앞에 나타난다. 나는 그 고비들을 조금 거리를 두고 지켜본다. 시간차를 두고 나 역시도 그런 과정을 겪는다. 비슷한 경험을 공유하는 힘은 생각보다 크다. 아이를 키우면서 달큼하면서도 시큼한 냄새를 온몸으로 풍기는 친구를 보면서, 현재에 지극히 충실한 모습들을 보면서, 친구와 닮은 핏덩이가 친구의 가슴팍에 꼭 붙어있는 모습을 보면서 '지금 우리가 열심을 다해서 살아 나아가고 있구나' 하고 강렬하게 느낀다.

지금 이 정도 크기의 우정을 이어나간다면 앞으로 살면서 외로움의 극단까지 갈 일은 없겠다, 라는 낙관적인 생각에 잠시 취하게 된다. 모든 만남은 깨지기가 너무나 쉽다는 것을 알기에, 한편의 불안감이 여전히 마음 구석에서 똬리를 틀고 있지만.

관계의 변질을 막는 방부제

소설가의 삶을 따라가다 보면 나는 정말이지 평탄하고 지루하기 짝이 없는 인생을 살고 있구나 싶다. 헤르만 헤세의 삶도 굴곡이 심했다. 헤세는 청년기에 두 번의 세계대전을 온몸으로 겪으면서 힘든 시간을 보냈다. 푸르러야 할 시절이 차가운 납빛으로 뒤덮였다.

하지만 그는 강인한 영혼의 소유자였던 것이 분명하다. 글을 쓰며 자신의 영혼을 단단히 추슬렀다. 그리고 한 가지가 더 있었다. 그가 '영혼을 구원받았다'고까지 표현했던 그 일은 바로 집에 딸린 작은 정원을 가꾸는 것이었다.

> 작은 기쁨을 누리는 능력. 그 능력은 얼마간의 유쾌함, 사랑, 그리고 서정성 같은 것이다. 그것들은 눈에 잘 띄지도 않고, 찬사를 받지도 못하며, 돈도 들지 않는다. 고개를 높이 들어라. 한 조각의 하늘, 초록빛 나뭇가지들로 덮인 정원의 담장, 멋진 개 한 마리, 떼를 지어가는 어린아이들, 아름다운 여성의 머리 모양. 그 모든 것들을 놓치지 말자.
>
> -《정원에서 보내는 시간》, 헤르만 헤세, 웅진지식하우스

이 대목에 이끌리면서 헤세에게 빠져들었다. 그리고 그의 소설 속에서 우정을 얘기하는 대목을 만났다. 두 친구는 서로에게 관심이 없었다. 상대가 멋있다고 생각하지도 않았다. 얼굴이 마음에 들지 않았을 수도 있고, 성격이 별로라고 생각했는지도 모른다. 똑같은 가수를 좋아해서 친해진 것도 아니었다. 남들이 보기에 둘은 전혀 접점이 없

는 사이였다. 그런 둘 사이에 우정이 싹트기 시작했다.

> 한번은 햄을 많이 갖고 있어 부러움을 사는 한 소년이 햄을 먹다가 갈증이 나서, 과수원집 아들에게 햄과 사과를 바꾸자고 했다. 슈탐하임 출신의 그 과수원집 아들의 물품 상자에는 탐스러운 사과가 가득 담겨 있었기 때문이다. 두 소년은 함께 자리에 앉아 조심스럽게 대화를 나눈 끝에, 둘 다 각자의 아버지에게서 햄과 사과를 계속 공급받는다는 사실을 알게 되었다. 그리하여 그들은 서로의 것을 계속 교환하기로 했다. 이런 식의 현실적인 우정이 이상적이고 충동적인 우정보다 훨씬 오래 지속되기도 했다.
>
> –《수레바퀴 밑에》, 헤르만 헤세, 현대문학

이 구절을 읽으면서 눈길이 멈췄던 부분은 '조심스럽게' 대화를 나눴다고 표현한 순간이었다. 익숙한 상대와 만나서 대화를 시작하면 우리는 종종 무신경하고, 이기적이고, 무례해진다. 내가 원하는 답을 이끌어내기 위해, 내가 옳음을 확인하기 위해 상대를 배려하는 걸 깜빡한다. 친밀한 사이끼리도 자신의 선의를 내세워서 종종 무례해진다. 상대가 뭐라고 하면 "널 생각해서 그렇게 한 거야."라면서 오히려 매정하고 배려 없는 사람으로 한순간에 전세를 역전시켜버린다. 상대의 편협함을 비난해버린다. 이런 관계는 어디서부터 잘못된 것일까?

한쪽만의 일방적인 관계는 오래 갈 수 없고, 오래 간다면 그것은 삐걱거리면서 억지스러운 관계가 된다. 충동적인 우정은 사랑과 차이가 없어서 불같이 타오르다가 확 꺼진다. 마지막은 지저분할 수 있다. 하지만 이 두 소년은 어땠나. 햄과 사과를 조심스럽게 바꾸며 서로에게 도움이 되어서 기뻐하고, 서로에게 고마워하고, 자신의 영역도 지키며 함께 오랫동안 나아갈 수 있었다.

그래서 우리는 친한 사이일수록 조심스러워야 한다. 상대와 자신을 입장을 바꿔보고, 내가 잘 모르는 형편과 기분을 헤아려보려고 시도하는, 꾸준하고 성실한 자세가 우정의 변질을 막는 유일한 방부제다.

3부

그 질문은 그 사람에게 받을 답이 아니다

"나한테

____

____

왜 그랬어?"

이십 대 때 가까이 지낸 친구 M이 있다. 어느 날 M은 수능시험을 다시 봐서 더 좋은 대학에 가고 싶다고 내게 털어놨다. 그러곤 곧바로 도서관에 틀어박혀 수험생활에 돌입했다. 다시 시작해보겠다며 고3처럼 시험지를 붙잡고 있는 친구가 안쓰러웠다. 부모님께 비밀로 하고 재수를 하는 거라 경제적 지원도 받지 못했다. 그 사정을 아는 나는 아르바이트비를 쪼개 문제집을 사주고 모의고사응시료를 대신 내주기도 했다. 그러다 보니 일종의 뒷바라지 비슷하게 됐다.

이듬해 M은 원하던 대학에 붙었고, 나는 4학년이 돼 언론사를 목표로 본격적인 취업 준비를 시작했다. 두 번째로 대학 새내기가 된 M은 얄미울 정도로 신나 보였다. 나이 많은 동기가 과에서 겉돌지 않으려면 뭐 하나 빠지지 않고 참석해야 한다고 푸념을 하면서도, 새 학교 새 동기들이 꽤나 마음에 드는 모양이었다.

'자연스럽다'는 게 특별한 다툼이나 마찰이 없다는 의미라면, 우리는 꽤 자연스럽게 멀어진 편이다. 취업준비생이 된 나도 M 대신에 스터디모임 멤버들과 자주 점심 저녁을 먹었고, 그들과 걱정거리들을 공유했다. 이렇게 서로의 빈자리는 또 다른 누군가들이 자리를 조금씩 넓히면서 얼추 채워져 갔다. 우린 더 이상 서로 연락하지 않았다.

그러다 대학 졸업 후 5년이 넘어갈 무렵 우연히 M과 연락이 닿아 만나게 됐다. 그날 저녁, 우리는 희한하게 둘 다 녹색 스웨터를 입고 약속장소에 나타났다. 비슷한 옷을 입고 있단 사실이 어색한 분위기를 한층 우스꽝스럽게 보이게 했다. 생맥주를 커피처럼 조금씩 홀짝대며 소소한 근황 얘기를 나눴다. 내가 수험생을 둔 엄마처럼 마음을 졸였던 것, 뭐라도 도와주고 싶어서 아르바이트 시간을 늘려야 했던 것. 그런 것들을 정작 M은 까맣게 잊은 것 같아서 순간순간 울컥했다. 밋밋하게 인사를 하고 멀어지는 M의 뒷모습을 보며 나는 조용하게 혼잣말을 했다.

"그때 나한테 왜 그랬어."

이 해묵은 감정의 실체는 뭘까.

생각해보면 어릴 때는 이런 말을 잘 하지 않았다. 아이들은 감정을 투명하게 표현한다. 대여섯 살 아이라면 주저 없이 물어볼 것이다.

"왜?"

하지만 어른들은 일단 참는다. 말로는 참는다고 하지만, 실은 그 순간을 곱씹고 또 곱씹는다. 시간이 지날수록 감정의 골은 깊어져서 서운함은 원망으로 변질되고, 그렇게 제때 풀리지 못한 많은 감정들이 긴 시간을 돌고 돌아 막다른 길에서 하나의 질문으로 터져 나온다.

"나한테 왜 그랬어?"

단순히 이유를 묻는 게 아니어서 "응, 그건 이러저러했기 때문이야."라고 물 흐르듯 대답할 사람은 별로 없을 것이다. 상대는 대부분 말문이 턱 막히고 머릿속이 띵 해지는 순간을 맞게 된다. 까맣게 잊고 있었거나, 별거 아니라고 생각했던 순간이어서다. 인간관계를 주제로 하는 우리 인생 드라마에서 가장 흔한 클리셰다.

서운한 감정은 아무에게나 느끼는 게 아니다. 내가 온 마음을 담아서 잘 해주었던 그 상대에게만 느낀다. 내 마음이 상대에게 제대로 대접받지 못하게 되면 막다른 골목의 담벼락 아래 멈춰선 사람처럼 암담한 기분이 든다. 나는 너에게 정말로 잘해줬는데 왜 너는 고마워하지 않는가. 심지어,

왜 너는 아무런 감정조차 느끼지 못하는가.

하지만 우리는 인정해야 한다. 둘이서 똑같은 경험을 해도 기억은 하나가 아니라 두 가지다. 둘이서 느끼는 방식과 강도 역시 같을 수 없다. 그저 각자가 주인공인 시나리오를 써내려가고 있을 뿐이다.

그런 점에서 생각해보면 M과 내가 함께 보낸 그 시간들이 내 기억의 풍화를 거치며 대단히 각색됐을 게 확실하다. 억울하다고까지 느끼는 그 서운한 감정은 혹시 둘 사이에 뭔가 다툼이 있었다고 해도 그 과정에서 나는 그다지 잘못이 없다고 생각하게끔 스토리의 인과 관계를 바꿨을 것이다. 혹시 내가 뭐 잘못한 게 있다고 하더라도 그 잘못의 크기에 비해 상대의 행동이 턱없이 과하다고 느끼며 서운함의 강도를 끝없이 높여갔을 것이다.

사람의 문제는 크게 두 가지로 나뉜다. 내가 알 수 있는 것과 영영 알 수 없는 것. 내가 알 수 있는 것은, 오로지 나의 마음뿐이다. 그리고 애써도 영영 알 수 없는 것은, 상대의 마음이다. 안다고 생각하는 순간 단단히 오해하게 된다.

이제는 타인의 마음 깊은 속으로 들어가 그 밑바닥까지 세세히 들여다보려고 하는 것은 단념하고, 내가 마음을 쏟았던 그 시간들의 소중함만을 기억하려고 한다. 그러면 최소한 왜곡된 기억에 붙들려 있지 않게 될 것이다.

놓자. 내가 기어이 붙잡고 있었던 그 질문은 그 사람에게 받을 답이 아니다. 네가 나한테 왜 그랬는지는 중요하지 않았다. 우리가 함께 만들어 간 좋은 순간을 소중하게 여기고 그 자리에서 다른 자리로 옮겨가야 한다. 놓아줘야 하는 질문은 과거의 그 자리에 놓아두고, 가볍게 가자. 기왕이면 더 신선한 공기가 있는 쪽으로 말이다.

망각의 능력

삼십 대인 내가 부모님보다 나이가 많은 이들과 깊이 있는 대화를 할 기회는 좀처럼 없다. 그런데 한번은 내가 맡은 도서관 글쓰기 겨울학기 강좌에 육칠십 대 어르신 여러 명이 수강 신청을 했다. 그땐 몰랐지만, 직전 학기에 개설된 '자서전 쓰기 특강'에서 글쓰기의 재미를 느끼신 어르신들이 대거 내 수업을 신청하셨던 것이었다. 글쓰기를 가르치는 건 글쓰기만큼이나 정답이 없어서 난감한 일인데, 큰아버지뻘인 분들의 글에 손대는 일은 더더욱 간단치 않아 힘들 거란 예감이 들었다.

걱정과 달리 첫 번째 수업은 무난히 끝났다. 수업을 마치며 첫 번째 글쓰기 과제를 냈다. 김연수의《청춘의 문장들》중 한 문장을 제시하고, 그걸 첫 문장 삼아 자기만의 이야기를 이어서 쓰는 것이었다. 그 첫 문장은 "잊혀진다는 건 꽤나 슬픈 일이다."였다. 늘 잊고 사는 것 투성이니 누구라도 에피소드 하나씩은 꺼내서 어렵지 않게 글을 풀어 나갈 수 있을 것 같아 고심 끝에 골라온 문장이었다.

다음 주, 과제물을 받아 보고 당황했다. 잊힘의 강도가 내 예상 수준을 넘어서였다. 오랜 투병 끝에 돌아가신 어머니, 친구의 치매, 배우자의 사별, 정년퇴직 같은 무거운 슬픔과 상실감이 글을 빼곡히 채우고 있었다. 잊힘을 온몸으로 느끼고 있는 이들의 이야기였다. 진지한 이야기들이 인생의 깊은 우물에서 길어져 내 앞에 턱 하니 놓여 있었다. 읽는 내내 숙연해졌다.

초짜 글쓰기 강사의 얕은 내공을 감안하면 그 수업 중 돌발 상황에 해당하는 순간도 있었다. 맨 뒷자리 누군가가 번

쩍 손을 들어 "저 문장에 도저히 공감할 수 없다."라며 항의(?)를 했기 때문이다. 가장 연장자 수강생이었다. 그가 제출한 과제를 읽었다. 그는 한 지인이 자신에게 털어놓은 고백에 대해 썼다. 그 지인은 수년 간 남편을 간병하면서 심신이 몹시도 지친 상태였다고 했다. 이게 한계라고 느꼈을 때 그녀는 마치 죽은 사람처럼 단 한번도 깨지 않고 이틀 동안 내리 기나긴 잠에 빠져들었다. 잠에서 깼을 때, 병마와 싸우던 남편은 이미 곁에서 숨을 멎은 뒤였다. 이제는 노년이 된 그녀는 30년 전 일을 떠올리며 말했다. 자신은 그때, 긴 잠을 잔 걸 후회하지 않는다고. 남편 곁에서 계속 간병을 했다면 아마 그날 자신은 더 이상 버티지 못하고 스스로 생의 끈을 놓았을 것이라고. 현실에서 달아나 망각의 수면에 빠졌기에 가까스로 목숨을 건진 것이라고.

"잊혀지는 건 슬픈 게 아닙니다. 잊혀져야 합니다, 그래야 살 수 있어요."

현실을 잊어서 살아남았다는 고백, 그 수강생이 전한 사연은 망각이 가진 강력한 자기 치유의 힘을 말하고 있었다. 인간은 망각하기 때문에 겨우 살아낼 수 있다는 걸 그는 말하고 있었다. 글쓰기를 가르치기 위해 매주 그들 앞에 섰지만, 수업이 끝나고 나서 긴 여운을 느끼는 건 늘 내 쪽이지 싶었다.

우리 삶에는 때때로 망각이란 강력한 마취제가 필요한 순간이 있다. 우리 앞에 닥친 고통이나 어려움, 위기에 지금보다 담담해질 필요가 있을 때 잊음으로써 버틸 수 있다.

자신이 처한 어려움에 그 순간마다 반응하는 건 민감한 화재경보기와 같다. 화재경보기가 하루가 멀다 하고 울려대면 일상에서 아무것도 할 수 없다. 불이 난 것이 아니고, 가스레인지 불을 켠 것뿐인데 말이다. 가스레인지 불조차 켤 수 없으면 어디 무서워서 든든한 한끼조차 제대로 해 먹을 수 있겠나.

힘든 상황에서도 스스로를 동정하거나 주저앉지 않은 사람들의 인생이 결국 어떻게 바뀌었는지 우린 모두 알고 있다. 그들은 때론 자신이 가지지 못한 것들에 대해서는 망각하고, 생각의 각도를 조금 틀어서 그 자리에서 멀리 나아갔다.

우리가 변화하고 성장하기 위해서는 뭔가 새로운 것이 들어오는 공간이 있어야 한다. 자기 연민으로 가득차면 우리 안에 들어올 공간이 없다. 가득 차 있는데, 텅텅 빈 느낌이다. 그런데 어쩌나, 망각의 힘으로 인생의 굴곡을 버텨내 보자고 하는 이 순간에도 자기 연민으로 꽉 찬 내 마음은 출렁출렁댄다.

모든 일을 자존감과 연결 짓는다면

"저번 부서가 최악일 줄 알았는데 지금은 더 최악이에요."

한 후배와 만났다. 퇴사를 고민하는 친구였다. 사실 이 후배는 만날 때마다 비슷한 에피소드를 반복해 토로하고 있었다. 얼마나 무능한 상사가 자기 위에 있는지, 얼마나 얼토당토않은 지시를 해서 자신이 일을 비합리적으로 처리할 수밖에 없었는지, 자신의 에너지가 낭비되고 있는지에 대해 줄줄이 늘어놓았다.

회사를 때려치우고 싶은 대여섯 가지 이유를 랩하듯 늘어놓는 후배를 보면서 당분간은 회사를 그만두지 않을 것 같다는 생각이 들었다. 나와 내 주변 퇴사 사례를 보면 그랬다. 누구에게 상담을 요청한다는 것은 자기를 좀 잡아달라는 의미이기도 하다. 정말로 그만두는 사람은 아무에게도 말하지 않고 비밀작전 수행하듯이 착착 진행을 해서 돌이킬 수 없는 세팅이 끝난 뒤에야 회사에 통보한다. 전적으로 다른 사람의 조언에 힘을 얻어서 그런 중요한 결정을 하는 것은 쉽지 않다. 어느 정도 영향이야 미칠 수 있지만, 결국 자신의 결단 없이는 한 발짝도 움직일 수 없다.

요즘 젊은 세대의 특성을 다룬 책을 대통령이 청와대 직원들에게 선물로 돌리면서 화제가 됐다. 대기업 인사담당자 출신인 저자는 국내외 사례 조사를 통해서 90년대생들이 이전 세대와 근본적으로 다르다고 짚었다. 심플한 것을 선호하고, 재미있는 것을 좋아하고, 공정함을 추구한다는 것이다.

특정 연도에 태어난 모두에게 해당되는 성향은 아닐 게 분명하다. 세대론의 특성인 지나친 일반화의 오류에 빠지는 건 세대에 대한 몰이해보다도 훨씬 위험할 것이다. 나는 출생 시기에 따라 사람의 가치관과 특성이 타고나는 게 아니라, 그 사람이 본래 가지고 있는 그릇의 크기에 따라 달라진다고 생각한다.

다만 회사생활을 힘들어했던 내 지난 날에 미루어 비춰 보면 회사생활의 난이도를 높이는 소모적인 사고방식은, 많은 것을 자존심과 연결 짓는 것이었다. 자존심을 내세우다 보면 특히 혼나는 것을 싫어하고, 그런 상황을 원하지도 않는다. 최근에 후배들과 얘기하다 보면 예전의 나 같은 심리가 밑바탕에 깔려 있는 경우가 많다.

"(감히) 나한테 뭐라고 해?"

"열심히 한 건데 (감히) 내 걸 깎아내려서 평가해?"

기본적으로 윗사람이 자신보다 낫거나, 배울 점이 있거

나, 롤 모델처럼 닮고 싶은 구석이 거의 혹은 전혀 없다고 생각한다. 그래서 평가를 받는 것에 거부감이 크다. 인생의 어느 순간에 이런 '감히' 식의 사고방식은 자신을 지켜주었을지 모른다. 자신을 다독이면서 순간적으로 온기를 주는 방법일지도 모른다. 하지만 조직 안으로 들어오면 이런 '감히' 식 사고는 자신을 오래 지키지 못하고 스스로를 허물어뜨린다.

일할 때 감정부터 불도저처럼 들이대는 사람들이 있다. 뭐든지 일전一戰을 벌이려 든다. 그런 사람들과 일하다 보면 상당수가 그 안에는 자기애적인 분노가 도사리고 있었다. 자신을 문제없고 선한 사람이라고 스스로 여기고 있는데, 그런 이미지에 금이 가는 걸 못 보는 것이다. 즉 다른 사람이 자신에 대해서 나쁘게 말하면 일단 화가 나서, 다른 사람이 자신의 성취를 깎아내리면 열이 받는 것이다. 일적으로 거절당한 것에도 자기 전체가 타인에게서 거절당한 것처럼 분노하게 된다. 상대방이 그러겠다고 한 것도 아닌데 스스로 미리 정해놓고 기대한 것들이 부정당하고 실망하게 됐을 때에도 분노하게 된다. 자아가 센 것 같지만 자아가 약한 것이다.

감히 내 것을 평가하고 건드리는가 불만을 가지면 다음부터는 일을 열심히 하지 않게 된다. 그러면 상대도 안다. 혼나지 않을 딱 그만큼만 하는지 아니면 전력을 다해서 이리저리 용을 써 보는지 말이다. 자신의 일이라고 생각하고 하는지, 아니면 스스로 정한 최소한의 의무만 하고 그 선을 넘어서면 칼같이 대하는지를 안다.

그런데 그렇게 하다 보면 윗사람의 입장에서도 시키기 불편하고 맡기기 불안한 상황을 반복해서 만들고 싶어 하지 않는다. 뒷수습이 더 힘들기 때문이다. 내가 일한 언론사에서 선배들은 후배들과 기사 때문에 늘 부딪힌다. 기사도 처음부터 자기가 쓰는 것이 낫지, 엉망으로 쓴 기사를 고치는 것은 더 골치 아프다. 그래서 열심히 하고 성과가 좋은 기자들에게는 더 중요한 기삿감이 떨어진다. 면피성 기사만 쓰는 후배의 업무는 갈수록 덜 중요한 일들로 바뀐다. 그러면 업무 만족도는 더 떨어지고, '왜 내게 이런 서포트 업무만 주는 것일까' 하는 생각에 자존심에 상처를 입게 된다. 결국 회사생활에서 월급 말고는 아무것도 얻어갈 게 없게 된다. 물론 그렇게 하는 것이 편한 회사생활이라고, 회사생활에서 실리를 챙기는 지혜라고 말하는 사람들도 있긴 하지만. 나는 동의하지 않는다.

조직에서 완벽한 사람은 없다. 당연히 나도 그렇다. 후배도 완벽하지 않고, 내게 일을 시키는 상사도 나보다 몇년 더 경험이 축적됐다고 해서 완벽하지 않다. 우리는 완벽하지 않으니까 함께 일을 한다. 이것이 협업의 이유다.

내가 겪어온 회사는 '있는 그대로의 나'를 받아들이는 곳이 아니었다. 뭔가 내 것을 일그러뜨리지 않으면 잘 맞춰지지 않았다. 자아실현이 아니라 자아가 여러 개로 조각나는 경험을 훨씬 더 많이 하는 슬픈 공간이다. 적어도 당분간은 바뀌지 않을, 현실이다. 그러니 회사에서 모든 일을 일일이 자존심과 연결 짓는다면 어떻게 견딜 수 있을까.

매사에 자존심과 연결을 짓고도 살아남으려면 둘 중 하나다. 미친 듯이 일해서 늘 백 점짜리 성과를 내거나, 뭘 하든 자신의 잘못이 없(다고 생각하)고 타인에게 비난의 화살을 돌리든가. 둘 다 하기 힘든 일이다. 전자는 불가능하고, 후자는 링 위의 파이터처럼 살아야 한다.

그래서 나는 같은 문제로 늘 마음을 다치는 후배에게 미움의 시선과 정면으로 마주할 용기를 가지라고 말해주고 싶다. 그 용기는 다른 사람이 자신의 일부에 영향을 미칠 수 있다는 것을 기꺼이 인정하고, 함께 일하는 그 거슬리는 타인을 존중하는 것부터 시작해야 한다고. 인생에는 선善과 악惡이 있는 게 아니라 성숙과 미未성숙이 있을 뿐이란 말을 이놈의 회사에도 적용하면 훨씬 편해진다고. 그리고 나로 말하자면, 아직도 한참 많이 미성숙한 쪽이라고 말이다.

사자와 호랑이는 라이벌일까

사자와 호랑이가 싸우면 누가 이길까. 한 동물원에서 사육사가 던지는 먹이를 먹으려고 사자가 점프하다가 본의 아니게 방사장 밖으로 탈출했다. 다행히 방사장과 관람객 사이에는 안전을 위해 5미터 깊이의 공간이 있었다. 사자는 그 아래로 추락했다. 그러자 이웃 방사장에 있던 호랑이가 사자를 발견하고 거기로 뛰어내리면서 사자와 호랑이 간 '역사적 혈투'가 시작됐다. 그 결과는? 사자 윈[win]. 사자는 호랑이 목을 야무지게 물었다. 급소를 일격에 제압당한 호랑이는 호흡 곤란으로 이내 숨이 멎었다. 다행히 인명 피해는 없었다.

사고가 난 날 뉴스가 뜨자 사람들의 관심이 뜨거웠다. 아이들보다 어른들이 더 난리였다. 이젠 마징가Z와 로봇태권V의 대결만 남은 거냐며 어릴 적 추억을 소환했다. 덕분에 나는 며칠 동안 후속 기사까지 쓰게 됐다. 포털사이트에 관련 기사가 뜰 때마다 댓글이 줄줄이 달렸다.

하지만 사자와 호랑이는 애초에 싸울 수가 없다. 서로의 활동 영역이 달라서다. 호랑이 서식지는 산림이고, 사자는 초원과 평원에서 산다. 그날의 사고는 애초에 맹수를 열 평 남짓한 좁은 우리에 둔 것, 그것도 사자와 호랑이를 나란히 벽 하나 사이에 두고 가둔 것부터가 문제였다. 호랑이와 사자는 결코 사이좋은 이웃이 될 수 없다. 이들의 비극은 서로를 물어뜯게 만든 인간의 무지함에서 비롯된 참사였다.

비슷하다. 우리도 상황이 우리를 몰아갈 때가 있다. 서로

(말로) 물어뜯고, 이기려 기를 쓰지만, 조금 더 시간이 지나서 생각해보면 그 대결 구도 자체가 우스꽝스럽게 느껴질 때가 있다.

✳

심리학자 미하이 칙센트미하이는 《몰입의 재발견》에서 몰입의 3대 조건을 제시했다. 첫 번째 명확한 목표, 두 번째 활동의 효과를 곧바로 확인할 수 있을 것, 마지막으로 과제의 난이도와 실력이 알맞게 균형을 이룰 것. 이 세 가지가 맞물려 몰입을 하면 그 과정에서 행복을 느낄 수 있다고 그는 말했다. 라이벌을 목표로 삼고 경쟁했을 때 몰입의 장점이 발휘되기도 한다. 현실에 안주하지 않고 늘 변화하려는 노력을 하면 서로에게 도움이 된다. 눈에 보이는 목표가 있으면 승부욕이 생기고, 숫자가 갖고 있는 힘이 있어서 자신의 능력을 증명해줄 수도 있다.

하지만 실제는 부작용도 만만치 않다. 라이벌과의 경쟁이

나 자신을 빠르게 소진시키기도 한다. 라이벌 구도에 빠지게 되면 시야가 좁아지면서, 내가 뭘 하고 있는지조차 모른 채로 달려간다.

남과 나를 비교하는 건 가뜩이나 괴로운 일인데, 라이벌을 정해서 매사에 스스로를 몰아붙이면 더 힘이 든다. 상대와 나를 비교할 때 사람 그 자체와 분리해서 봐야 하지만 그게 말처럼 잘 안 되기 때문이다. 그저 한 순간, 한 부분에서 진 것 뿐인데 모든 것에서 패했다고 생각하고 좌절하기 쉽다.

대단히 중요한 것이라고 보이는 것들이 시간이 흘러 혹은 위치를 바꿔 곰곰이 생각해보면 아무것도 아닐 때가 많다. 텅 빈 가치일 때가 많다. 그래서 우리는 열심히 생각해야 한다. 내가 잡고 있는 이것이 어떤 가치가 있고, 내 삶에 얼마만큼의 중요성을 가지고 있느냐에 대해서 말이다.

사람이 행복하다고 스스로 생각할 때는 오지 않은 미래가 아니라 현재 상황에 완전히 빠져 있는 순간이라고 한다. 미래를 당겨서 동력으로 삼아 현재를 지탱하는 일은 한계가 분명히 온다. 빠른 속도로 지친다. 자신이 아니라 타인이 동력이라면 전체를 보지 못하고 내가 어디로 흘러가고 있는지 알지 못하게 된다. 움직이는 좌표인 타인에 동력을 맡기면 길을 잃기 십상이다. 그렇게 한참 가다가 길을 잃으면? 몸도 상하고 마음도 상한 처량한 떠돌이 신세가 되기 십상이다.

친구,
______
____
많으세요?

결혼식을 한번 치르고 나면 친구 관계가 자동적으로 필터링 된다고 한다. 나는 스몰까진 아니고 미디엄웨딩 정도로 교회에서 했다. 결혼식에 큰 의미를 두지 않았다. 그래도 여지없이 반전의 인물들은 있었다. 꽤 친했(다고 생각했)던 언니가 식장에 오지 않은데다가 그 이후 연락조차 없었다. 난 그런 생각 안 해야지 했는데, 여지없이 "나는 언니 결혼식에 가고, 축의금도 넉넉히 냈는데….”라는 생각이 고개를 들었다. 그럴 사람이 아니었는데 육아 때문에 정신이 없겠지 싶으면서도 마음 한 구석에선 관계 재설정을 요구하는 빨간 경고등이 켜졌다. 신랑인지 신부 측인지 밝힐 순 없지만 혼주 측 하객 한 명은 본인의 자녀 결혼식 때에 축의금 20만 원을 받았으면서 우리 결혼식엔 축의금 5만 원을 내고 네 식구가 와서 피로연 뷔페를 만끽하면서 이후 두 어르신의 관계가 끝장났다는 후문이 들리기도 했다.

이렇게 몇 번의 경조사에서 의도하든 아니든 우리는 일련의 검증 과정(?)을 거치고 나면 진짜 내 곁의 가까운 사람은 손에 꼽을 정도뿐이라는 것을 알게 된다. 친했던 이와 사소한 문제로 감정싸움을 벌이고, 기대가 큰 만큼 실망도 큰 경험을 몇 번 하다 보면 그냥 '적당히 알고만 지내는 게 낫다'는 주의로 바뀌게 된다. 그게 더 현명한 방법이라고들 생각한다. 어느 경제경영 베스트셀러를 보니 가까운 친구들보다는 연락한 지 오래된 '약한 유대 관계'나 '휴면 상태의 유대 관계'들이 오히려 인생의 찬스를 줄 수 있다고 말하고 있는 걸 보면, 친구의 가치는 떨어지고 인맥의 몸값만

치솟고 있는 시대라는 생각이 든다. 관계에 회의적인데 연결은 되고 싶어 하는 모순적인 심리가 대세가 됐다.

인맥 취향이 한번 확고하게 세워지고, 좋은 사람의 기준이 명확해질수록 사람을 판단하는 자기만의 기준에 따라 선을 긋는다. 한번 세워진 기준은 '업데이트'가 잘 되지 않는다. 맺고 끊을 때도 확신에 차고, 자기답지 않게 매몰차질 수 있다.

그러면 이건 마치 해외여행을 가서 하루 세 끼를 매번 즉석밥에 컵라면만 먹고 돌아오는 것과 다르지 않다. 다양한 사람과 교류하는 것은 평생에 걸쳐 시도해볼 가치가 있는데도 말이다.

스웨덴 작가 요나스 요나손이 쓴 소설《창문 넘어 도망친 100세 노인》은 제목처럼 백 살 먹은 노인이 주인공이다. 그는 양로원에 살고 있다. 누워서 잘 수만 있는 침대와 세끼

밥, 그리고 술 한잔만 있으면 괜찮다 여기며 지내왔다. 그러다 오래된 친구(사람이 아니고 고양이다)를 잃고 그의 백 번째 생일 파티 날에 창문을 넘어 도망친다. 약해진 오줌발 때문에 슬리퍼 끄트머리가 얼룩진 '오줌 슬리퍼'를 질질 끌고 말이다. 가는 곳마다 새로운 사람을 만나면서 인생이 종잡을 수 없이 바뀌고 누구와도 스스럼없이 친구가 된다. 백 살 노인은 아수라장 가운데서 생각한다. 이제야 '사는 것' 같다고.

내 주변엔 신기하게도 창문 넘어 도망친 백 살 할아버지처럼 관계에 오픈 마인드인 사람이 딱 한 명 있다. 요즘 세상에 굉장히 드문 케이스다. 그는 오래된 친구들과 함께하면서 동시에 적당한 거리의 친구들과 얕게 교제하며 얻는 즐거움도 알고 있다. 먼저 다가가 말을 걸고, 쉽게 친해지는 것도 그의 특별한 재능이다. 비결을 묻는 나에게 그가 잠시 망설이더니 입을 뗐다.

"음, 앞서서 판단하지 않는 것?"

사람을 몇 개의 행동이나 말투, 사소한 외양으로 쉽게 분류해버리기 쉽다. '이 사람은 나랑 맞지 않아' '이 친구는 날 안 좋아해' '나중에 날 힘들게 할 거야' 이렇게 자신의 벽을 높게 쌓는다. 상처받기 싫어서다. 그전에 이미 그 비슷한 상처를 받아본 적이 있어서다.

그도 판단하고 싶을 것이다. 상처도 받아봤을 것이다. 그런데도 마음의 벽을 쌓지 않음으로써 얻는 게 훨씬 더 많다는 것을 알기에, 마음의 빗장을 잠그지 않은 것이다. 그렇게 살다가 누가 등쳐먹으면 어떡하느냐고 걱정하거나 언젠간 호되게 당할 거라고 믿고 싶어 할 수도 있지만 그러기엔 그는 많은 경험을 거쳤고, 두터운 인맥을 통해 간접 경험까지 하면서 이미 그 나이 대에서 평균치를 웃도는 경험의 소유자가 되었다.

아무리 그렇다고 해도…, 라며 마음 열기를 주저하는 내게 용기를 주는 책이 있다. 애덤 그랜트의 《기브 앤 테이크》다. 저자는 다른 사람에게 주는 사람giver이 결국 승리하는 세상이라고 말했다. 받는 만큼만 주는 사람matcher은 보이지 않은 수많은 기회들을 놓치면서 살고 있다. 합리적이고 이성적으로 사람을 대한다고 하는 것이 자신을 스스로 옥죄는 것이다. 사람에 대해 고민하는 나에게 그는 많은 사례들을 차근차근 하나씩 펼쳐 보이며 나를 설득시켰다. 주는 사람이 되자. 작은 친절을 베푸는 사람이 되자. 열린 사람이 되자.

'창문 넘어 도망친 45세' 같은 그가 나를 보며 부드럽게 말한다.

> "내가 어떤 친구인지 고민한다는 건, 본인이 나쁜 친구는 아닐 가능성이 높은 거 아닐까요?"

그의 주변에 사람이 많은 건, 역시 다 이유가 있지 싶다.

질투라는

블랙홀

질투는 한 사람을 구심점으로 해서 아주 좁은 테두리를 그린다. 고개를 처박고 운동장에 아주 짧은 막대기로 인간 컴퍼스가 돼서 그리는 원은 어쩔 수 없이 좁고도 좁다. 크게 그린다고 해봤자 겨우 팔 길이 정도일 뿐이다. 그 원의 크기가 바로 질투를 하는 사람의 마음의 크기다. 나와 다른 사람 사이의 다양한 관계를 그리는 것이 아니라, 내 안에서 벌어지는 일에만 온통 신경을 집중

한다.

가까운 사이일수록 질투의 감정이 개입되면 엉망진창으로 변한다. 세계적인 디바 휘트니 휴스턴을 괴롭힌 건 영원히 내 편이 되어줄 거라 믿었던 남편 바비 브라운이었다. 가수였던 그는 결혼 당시에는 아내와 비슷한 인기를 가졌다. 그러다 아내 휘트니가 영화 〈보디가드〉로 엄청난 스타덤에 오르면서 격차는 따라잡을 수 없을 정도로 벌어졌다. 비슷할 때는 기꺼이 상대에게 힘이 되어주었는데 그는 점점 아내의 재능과 인기를 질투했다. 휘트니 휴스턴이 예전으로 관계를 돌리기 위해 고군분투해도 남편의 시야는 자기만 겨우 들어가는, 그 작은 원에 머물러 있을 뿐이었다. 그렇게 질투에 눈이 먼 남편은 결국 아내의 장례식에도 출입이 금지되고 말았다.

질투는 나와 전혀 관련이 없다고 생각하는 이들에게는 느끼지 않는다. 질투를 느끼는 대상은 가까운 이들이다. 친구일 수도 있고, 가족일 수도 있고, 가장 가까운 배우자이기도 하다. 그들이 잘 나갈 때, 좋은 일이 생길 때, 나보다 다른 이를 먼저 생각할 때 등등 수많은 경우에 질투의 감정이 든다. 어쩌면 잘되는 것보다 잘 안 되는 걸 바라는 건지도 모른다. 위로는 쉬워도, 같이 기뻐하는 건 어려운 일이다.

독일에는 타인의 불행을 보며 기쁨을 느끼는 걸 지칭하는 단어 '샤덴프로이데Schadenfreude'가 있다. 교토대 의학대학원 다카하시 히데히코 교수팀은 샤덴프로이데가 생기는 동안에 우리의 뇌에서 어떤 일이 일어나는지 실험했다. 자기 분야에서 두각을 드러내는 친구의 이야기를 들을 때 뇌에서는 불안이나 고통을 느낄 때 활성화되는 배측전방대상피질이 반응했다. 말뿐인 게 아니라, 실제로 우리 몸이 아프다고 느낀다는 것이다. 반대로 질투를 느끼는 대상이 불행해지면 우리 몸은 기쁨을 느꼈다. "쌤통이다."라고 말하면서 불행에 고소해하는 게 그저 마음이 아니라, 실제로 우리 몸에 감각적으로 느껴진다는 것이 놀랍다.

"지금 질투하는 거야?"

질투하는 거냐는 말을 들었을 때, 곧이곧대로 수긍하는 사람은 거의 없다. 발끈하는 경우가 대부분이다. 질투는 불안한 감정이다. 불안한 감정을 회피하기 위해서는 관계가 멀어지거나 단절이 돼야 하는데 무 썰 듯 절연絶緣하기가 어렵다. 그래서 어쩔 수 없이 우리는 질투의 감정들을 숨기면서 아슬아슬하게 줄타기를 하고 있다.

질투는 둘만 있을 땐 별 문제가 없다. 갑자기 제3자가 끼어들면 문제가 생긴다. 둘 중 한명이 제3자에게 시선을 뺏기거나, 다른 관계로 마음의 무게를 옮기게 되면 분열이 시작된다. 나와 너 사이에, 그 혹은 그녀가 생기는 문제다. 평온했던 나와 너 사이에 내가 탐내는 그 '무엇'인가가 새롭게 등장하면서 생긴다.

그러면 불이 붙는다. 활활. 이 상황을 바꾸고 싶지만, 제 뜻대로 되지 않는다. 이러지도 저러지도 못하는 상황에서 질투의 감정은 진득하고 무거운 시루떡처럼 착착 쌓여간다.

어쩔 수 없다. 질투는 외줄 위에 올라서는 것과 같으니 말이다. 외줄 위에 올라선 사람은 앞으로 어떻게 할지를 생각할 수 없다. 오로지 지금 이 순간만 생각한다. 떨어지지 않겠다는 그 한 가지 생각과 떨어질 것 같은 공포심 사이에서 외롭게 줄을 탄다. 그것이 질투의 블랙홀이다. 나 자신을 외롭고 위태롭게 만들어버리는 블랙홀.

밖에서 대놓고 말도 못하는 질투라는 감정에 대해 내 자신이 변호해주느라 에너지는 더 고갈된다. 결국 나를 믿어야만 사라지는 감정이다. 겉으로만 안 드러내는 거 말고, 나의 불안이 이 자기 에너지 고갈의 원인이라는 점을 깨닫고 가만히 감정의 소용돌이가 가라앉기를 기다리는 시간이 필요하다. 남탓만 하며 제시간을 버리는 것, 그것 참 보기 흉한 것이니.

사랑의 실수를 줄이려면

실수를 하지 않는 가장 확실한 방법은 아무것도 하지 않고 가만히 멈춰서 있는 것이라고 한다. 나는 처음부터 실수를 하지 않는 사람보다 시행착오를 거쳐 뭔가를 배우는 사람이 좋다. 실수는 결코 피할 수 없다. 어쩔 수 없는 건 인정해야 한다. 그래야 우리 자신에게 실망하지 않는다. 시행착오에는 당장의 손해가 따른다. 그래도 그 손실을 딛고 끝내 플러스의 삶으로 바꿔내는 힘이 우리 인생에서 꼭 필요하다.

뭐니뭐니해도 가장 실수하기 쉬운 건 사랑이다. 사랑의 실수에 대한 기억을 회상하는 것은 괴롭다. 예전에 이상했던 머리모양을 한 사진을 보고 왜 그랬을까 하며 쥐구멍에 숨어서 나오고 싶지 않은 기분과 비슷하지 않을까. 내가 왜 이랬을까? 오 마이 갓. 어떻게 이 머리로 얼굴을 들고 다녔지? 아니, 이 미용실 해도 너무했던 거 아니야! 싶은 마음 말이다. 당시에는 최선이라고 생각했던 것이 지나고 나면 우스꽝스러웠던 걸로 판명날 때의 기분 말이다.

사랑의 실수를 줄이려면 어떻게 해야 할까. 앞선 실수를 통해 나아가면 된다. 그런데 많은 사람들이 같은 실수를 무한히 반복한다. 사랑의 실수를 반복하는 사람 중에 대표 격으로 귀스타브 플로베르 소설의 보바리 부인이 떠오른다. 시골 의사와 결혼한 보바리 부인은 열정적인 로맨스를 꿈꾸며 사랑을 찾아서 늘 갈구한다. 순식간에 사랑에 빠진다.

> 엠마 쪽으로 말하면, 자기는 그를 사랑하는지 어떤지 생각조차 해본 일이 없었다. 연애란 요란한 번개와 천둥과 더불어 갑자기 찾아오는 것이라고 그녀는 믿고 있었던 것이다. 하늘에서 인간이 사는 땅 위로 떨어져 인생을 뒤집어엎고 인간의 의지를 나뭇잎인 양 뿌리째 뽑아버리며 마음을 송두리째 심연 속으로 몰고 가는 태풍과도 같은 것이라고 말이다.
>
> -《마담 보바리》, 귀스타브 플로베르, 민음사

그렇게 순식간에 빠진 사랑은 보바리의 삶을 빠르게 잠식해 들어간다. 보바리는 사랑을 할수록 더 비참해진다. 그녀의 상상은 결코 이루어질 수 없는 일방적인 것들이다. 관계란 한쪽에서 만드는 것이 아니므로. 모든 게 삐그덕댄다.

드라마 〈한여름의 추억〉은 평범한 삼십 대 여자, 한여름이 주인공이다. 여름이는 약하고, 예민하다. 그녀는 고백한다.

> "저는요… 외로워요. 외로워서 누가 내 이름 한 번만 불러줘도 울컥하고, 밥 먹었냐는 그 흔한 안부 인사

에도 따뜻해져요. 스치기만 해도 움찔하고, 마주보기만 해도 뜨끔하고, 그러다 떠나버리면… 말도 못하게 시려요.”

이렇게 외로운 여름이는 여리지만 보바리 부인과는 다르다. 앞선 사랑에게서 뭔가를 배운다. 앞선 사랑이 경험이 되고, 교훈이 되고, 반성의 시간이 되기도 한다. 그래서 조금씩 나아진다.

내 머릿 속에도 다시 만나라고 하면 절대 만나지 않았을 사람, 날 만나준 것이 고마운 사람, 지금도 만난 것이 믿기지 않은 사람들이 스쳐 지나간다. 섣부른 사랑 속에서 나는 무엇을 얻고 무엇을 잃었나. 무엇을 배웠나. 나를 성장시키기 위해서 내가 할 수 있는 일은, 다만 나 자신에게 충분히 슬퍼할 시간을 주는 것이다. 온갖 나쁜 것들을 ‘경험’이었다고 생각할 수 있는 여유가 찾아올 때까지 스스로 기다리는 것이다.

시간의 힘은 위대하다. 시간을 보낼수록 편견은 사라지고 새로운 면이 발견된다. 그 기간이 길수록 더 많은 모습을 볼 수 있다. 한 사람을 알기 위해서는 물리적인 시간의 양이 절대적으로 필요하다. 사랑의 실수를 줄이려면, 우리에겐 이별과 다음 사랑 사이에 자기만의 충분한 시간이 필요하다.

4부

당연하다는 생각은 틀렸다

우연의
다른 말

서점은 돈을 쓰지 않고도 오래 서성거릴 수 있는 몇 안 되는 곳 중 하나라는 조지 오웰의 말을 증명이라도 하듯 나는 스무 살 무렵부터 틈나는 대로 시내 대형서점에 들락거렸다. 도서관도 가끔 갔지만 함부로 손때 탄 책들을 보면 내 기분까지 너덜너덜해질 때가 있다. 반면 서점은 큰 그물로 갓 끌어올린 물고기 떼처럼 신간들이 무리지어 펄떡거리고 있다. 그래서 나는 반짝거리는 신간의 구애가 넘실넘실거리는 서점에 더 자주 끌렸다.

그날도 약속 두어 시간 전에 나와서 종각의 큰 서점을 서성거리고 있었다. 기자로서 일상을 담은 에세이 《오늘도 울컥하고 말았습니다》가 매대에 잘 있는지 내심 살펴보고 싶기도 했다. 책은 몇 주 전까지만 해도 신간에세이 분야에 잘 놓여 있었는데, 아무리 찾아봐도 없었다. 고객용 PC에서 위치를 출력해보니 노년에세이 분야 판매대에 놓여 있었다. 내 책의 어떤 부분이 노년에게 먹힌다는 건지 잘 이해가 안 됐지만, 그래도 책이 아직 서가에 비좁게 꽂혀 있지 않고 통로에 누워 있으니 다행이었다.

근처 서가에 기대 요새 핫한 베스트셀러 한 권을 훑어 읽고 있는데 이십 대로 보이는 여자 두 명이 다가왔다. '도를 아십니까'를 질문하는 이들 같은 느낌이 들어서 애써 책에 고개를 더 박았다.

"저기요."

하는 수 없이 고개를 들었다. 이들은 예의바른 미소를 짓더니, 나에게 혹시 책 한 권을 추천해줄 수 있느냐고 물었다.

나를 딱 보는데 책을 좋아하는 것 같아 보였다는 거다. 자기들이 하고 있는 모임에서 매달 책을 정해놓고 낭독하는 행사를 기획하고 있는데 내게 추천을 받고 싶다고 했다. 나의 어딜 봐서 책을 좋아할 것 같다고 판단했는지 모르겠고, 무엇보다 당시 내 후줄근한 차림새로 미뤄볼 때 그다지 칭찬 같이 들리지는 않았지만, 들고 있던 소설에 대해 짧게 얘기했다. 그리고 나서 조금 망설이다가, 조심스럽게 이 두 청년들을 노년에세이 코너로 데리고 갔다. 사실 노년에세이에 있을 책은 절대 아니라면서 책의 하이라이트 에피소드를 실감나게 묘사하기 시작했다. 호응이 있다고 느껴지자 목소리를 낮춰 속삭이듯 말했다.

"사실요… 이거 쓴 사람이 저예요."

둘은 서로 얼굴을 마주보며 놀라워했다. 그러더니 영광이라고 하면서 둘이 번갈아가며 쉴 틈 없이 질문을 쏟아내기 시작했다. 나는 노년에세이 코너 앞에서 난데없이 열띤 미니 인터뷰를 하게 됐다. 이들은 내 핸드폰 번호를 요청했다.

"다른 책도 좀 둘러보시고요."

나는 책 몇 권을 더 소개해줬다. 내 책 소개할 때와 달리 영혼은 없었지만 말이다. 이 정도면 친절했다고 생각하고 이들과 인사하고 문학 코너로 걸음을 옮겼다. 한 시간쯤 지났을까. 서점 고객용 검색대에서 내 책 재고량을 확인해보니 차이가 없었다. 소개팅 때 면전에서 대차게 까인 느낌이 들었다. 친구와 만나고 집에 돌아오고 나서까지도 우울함이 지속됐다. 내가 왜 괜히 책을 내서 나답지 않게 뻔뻔해졌나 생각이 들기도 했다. '웃프다'는 게 이럴 때 쓰는 말이었다.

그리고 며칠 뒤. 노트북 앞에 축 처져 앉아 있는데 옛 직장 동료에게서 문자가 왔다.

"글 쓰며 살고 싶다더니 꿈을 이뤘구나. 축하해."

의아했다. 나는 우연한 기회에 에세이를 쓰게 됐는데, 그게 이십 대 때 나의 꿈이었다니.

"내가 그런 말을? 기억 안 나는데."

그러자 바로 메시지가 왔다.

"역시 특이해. 내키는 대로 살다보니 꿈을 이룬 거네."

내 과거의 한 순간을 잊지 않고 기억해줘서 고마웠다. 그 말은 아마도 나의 진심이었을 것이다. 나도 놓친 과거의 나였다. 지금의 내가 모르는 나를 기억해줘서 좋았다. 잊고 있었다. 내 꿈은 유명한 베스트셀러 작가가 되고 싶은 것이 아니라 글을 쓰며 그 글들을 엮어 책 한 권 내보는 것, 딱 거기까지가 꿈이었던 거다. 그렇다면 나는 꿈을 이미 이룬 것이 아닌가. 잠시 우울한 감정에 빠졌던 게 멋쩍어졌다.

그의 짧은 메시지에 내가 다시 힘을 내서 지금 이 글까지 쓰게 된 것을 그는 지금까지도 모를 것이다. 말이란 건 누군가에게 다가가 어떤 감응을 일으킬지 알 수가 없다. 그런 면에선 화학반응과 유사하다. 어떤 물질과 물질이 만나서 전혀 다른 성질의 것으로 바뀐다. 그 물질을 섞은 사람도 모든 걸 촘촘하게 예상하지 못한다. 실패였던 결과가 신기하게도 성공으로 바뀌기도 한다. 접착력이 약해 실패한 접착제에서 포스트잇이 탄생한 것처럼, 까다롭게 구는 손님에게 복수를 하려고 주방장이 일부러 얇디얇게 썰어 소금을 잔뜩 뿌려서 낸 감자 요리가 지금의 감자칩의 시초가 된 것처럼 말이다.

스물아홉 살 때였다. 그때의 나는 회사를 그만두느냐 마냐의 기로에 서 있었고, 갖가지 감정들이 한꺼번에 우르르 몰려와서 사는 것 자체가 힘들었던 때였다. 사람 때문에 힘들었고, 내 나름의 선의가 왜곡됐고, 내가 거대한 말 공장의 주재료가 되어버린 것 같았던 시기였다. 그때 회사 상사한 명이 말했다.

"상대에게 10만큼 줬을 때 돌려받는 건 겨우 1이야. 아니, 뭐라도 받으면 운 좋은 거고 사실 아무것도 돌려받지 못할 때가 많지. 그런데, 그건 그냥 주는 거야. 받을 생각은 하면 안 되는 거지. 주는 것 자체로 만족해야 하는 것, 그게 선의야."

나는 그 말이 좋았다. 어떤 일로 상처를 받았을 때마다 그 말을 늘 떠올렸다. 빌려준 것도 아닌데 돌려받을 생각은 하지 말자. 서운해하지 말자. 그 회사를 옮기면서 선배와는 연락이 끊겼다. 이후 10년 가까이 지나 그와 우연히 다시 만나게 됐다. 이런저런 얘기를 하다 헤어지기 직전에 내가 그 말을 꺼냈다. 그때 그 대화를 마음에 늘 간직하며 살았다고. 선배는 자신이 그 말을 했다는 사실조차 까맣게 기억나지 않는다면서 정말 놀라워했다.

"내가?"

잠시 말을 잇지 못하다가, 입을 열었다.

"지금 나에게 가장 필요한 말이네. 고맙다."

자주 만나지 않고 가깝다고 생각하지도 않는 이들에게서 받는 은은한 위로의 말들에서 나는 우연의 미학을 느낀다. 예상하지 못했기에 더 큰 힘을 얻는다. 기대하는 것들에 실망하고, 이렇게 기대도 안 한 이들에게서 작은 말로 위로를 얻는다.

그건 깜짝 선물 같다. 생일날 가족에게 받는 선물은 당연하게 느껴지지만, 작은 순간만 공유했던 지인에게서 선물을 받는다면 그 놀라움은 배가 된다. 그렇게 누군가가 나에게 무심코 남긴 좋은 말들이 흔적처럼 남아서 나를 만들어 간다. 우연은 어떤 한 인물이나 사건이 아니라 한마디 말에서 시작된다고 믿고 있다. 그리고 우리는 의도하지 않았지만 이미 서로를 돕고 있다는 것을 잊지 말았으면 좋겠다.

공포
보다는
불안

앞서서 방어하지 않고 열린 마음으로 타인을 대하고 싶지만 살다 보면 정말 이상한 사람을 만나기도 한다. 한번은 제주도에 혼자 여행을 갔다. 한창 제주둘레길이 붐이었을 때다. 게스트하우스를 예약했다. 제주도 사는 친구의 추천을 받아서 숙박료만 확인하고 예약을 했다. 이층침대 네 개, 그러니까 여덟 명이 한 방에 묵는 방이었다. 2만 원, 남녀 혼숙이었다.

가까운 바다를 휘휘 둘러보고 나서 숙소에 돌아왔더니 같은 방에 묵는 몇몇이 거실에서 맥주와 와인을 마시고 있었다. 분위기는 좋았다. 대학 졸업을 앞두고 온 이십 대 남자들도 있었고 나처럼 혼자 여행 온 여자들도 있었다. 투숙객들은 다음날 일정에 지장을 받지 않을 수준으로만 알딸딸해져서 각자 침대에 누웠다. 내 자리는 방문 바로 옆 침대 1층이었다. 피곤했던 나는 눕자마자 술기운에 세상모르게 곯아떨어졌다.

그날 밤에 말소리가 설핏 들려서 잠깐 깼다. 누군가가 침대 사이를 계속 오가고 있었다. 아까 같이 술 마신 여자였다. 혼자 인도에 여행을 다녀왔다는 삼십 대 중후반 여자였는데, 인도 남자와 첫눈에 반해서 여행에서 귀국하자마자 남편에게 이혼을 선언했다고 했다. 그리고 혼자 제주도에 내려왔단다. 기가 막힌 러브스토리(혹은 불륜담)에 나머지 투숙객들이 입을 쩍 벌리고 들었던, 그 셰에라자드 같은 이야기꾼이었다. 뭔가 일어나는 듯 싶었지만 나는 생각을 잇기 전에 다시금 깊은 잠에 빠져들었다.

다음날 아침 눈을 떴을 때 그 여자는 떠나고 없었다. 나머지 투숙객들이 나에게 와서 어젯밤의 일을 말했다.

"아, 완전 피곤하셨나 봐요. 유일하게 잠 잘 자던데요, 그 와중에."

"무슨 일 있었어요?"

진술을 종합해보니, 성추행이었다. 그 여자가 막 혼잣말을 중얼거리다가 옆 침대에 있는 남자 대학생 옆으로 갑자기 누웠다고 했다. 나를 제외한 모든 투숙객이 깨어 있었다. 다들 침을 꼴깍거리며 숨을 죽였다. 모두 서로서로가 깨어 있다는 사실을 알았다고 했다. 중간중간 내 코고는 소리 말고는 뒤척거림 하나 없이 쥐죽은 듯 조용했으므로. 남자 대학생은 밀랍인형처럼 손가락 하나 움직이지도 않았다. 이 여자는 이제 사다리를 타고 2층으로 올라갔다. 이때 모든 사람이 어떻게 해야 하나 미친 듯이 고민했다고 한다. 2층 대학생도 여자가 옆에 누웠을 때 움직이지 않았다. 여자는 다시 침대서 나와 몽유병 환자처럼 방을 왔다 갔다 하다가(내가 잠시 깼을 때다) 새벽녘에 가장 먼저 짐을 싸서 퇴실했다고 한다. 정상이 아닌 사람이었다고 다들 입을 모았다.

✳

이렇게 여행지에서 대놓고 노골적으로 이상한 사람은 피하면 되니 그나마 다행이지만 일상에서 위험을 감지할 새도 없이 치고 들어오는 숱하게 많은 사람들은 어떻게 해야 할까. 사람을 처음 만날 때 일일이 열린 마음으로 대할 수 있을까. 세상엔 엉망진창인 사람, 무례한 사람, 사이코도 많은데. 얼마나 자기 방어를 하며 만나야 할까. 꽤 애매하다.

"개들은 날 물지 않아요. 인간들이나 그러지."

어느 봄날 오후, 금발을 스카프에 숨긴 채 소설가와 산책을 하던 마릴린 먼로가 했던 말이다.

철학자 마르틴 하이데거는 불안과 공포를 구분했다. 공포라는 감정에는 그 대상이 있다. 반면 불안에는 특정한 대상이 없다. 불안은 자신에게 주어진 환경 자체가 만들어내는 것이다. 그런데 여기서 말한 환경이란 건 특정한 상황이 아니고 손에 잡히지 않는 모호하고 추상적인 것이어서 뭘 딱히 바꿀 수도 없다. 하이데거는 그렇게 우리 힘으로 제거할 수 없는 것에 대한 불안한 감정이 '스산한 느낌'이라고 했다.

옛날에는 자기중심적으로 살아도 괜찮았다. 친인척들끼리 모여서 한 마을에서 친밀하게 지냈다. 좁은 공동체 안에 살 때는 내 존재에 대해 고민할 이유가 없었다. 동질감이 있었기 때문이다. 척하면 척이고, 옆집 식탁 사정까지 훤히 꿰고 있다. 좀 모자라도 제 밥벌이를 하게 해준다.

오늘을 사는 우리들은 다르다. 낯선 사람을 만나면서 자주 스산함을 느낀다. 종종 타인의 쓰임이 되고, 예상치 못한 순간에 버려진다. 괜찮다, 괜찮다고 말하지만 그 누구라도 결코 완전히 익숙해질 수 없는 감각이다. 내 편인 것 같았는데 아닌 것도 같고, 온통 내 주변이 가면을 쓴 사람들뿐이라고 생각될 때 특히 그렇다. 하이데거 식으로 보면 이건 공포보다는 불안에 가깝다. 마릴린 먼로도 늘 스산한 느낌이었을 것 같다. 그 스산함은 하루에만 영향을 미치는 것이 아니라 물에 흠뻑 젖은 종이에 물감 한 방울 떨어뜨린 것처럼 순식간에 일상 전체로 번져버린다.

이런 불안에 쉽게 흔들리지 않는 사람들도 있다. 홑겹이 아니라 여러 겹으로 된 두터운 관계를 만들고 살아가는 이들은 쉽게 흔들리지 않는다. 잔뿌리들이 단단히 땅을 잡고 있기 때문이다. 이런 사람들은 불안에 지지 않고 마음을 연다. 마음을 열고 사는 사람이 결국은 이긴다. 이익을 위해 남을 속이며 제 잇속만 챙기면서 사는 건 길게 봐서는 비효율적인 전략이다. 그런 마음은 언제고 들통나게 되고, 한번 생긴 불신을 복구하기까지는 무지하게 긴 시간이 들기 때문이다. 어쩌면 복구가 영영 불가능할 수도 있다.

심야 교통사고의 교훈

세종문화회관 왕복 12차선 도로에서 사고가 났다. 그것도 한밤중에.

남편이 광화문에서 회식을 하고 한 시간이 넘도록 택시를 잡았는데 이날은 금요일 밤. 버스도 지하철도 끊겼다. 줄줄이 승차거부를 당하면서 결국 나에게 구조 요청을 했다. 이미 잠자리에 든 나는 짜증이 났지만 어쩔 수 없이 차 시동을 걸었다. 비가 추적추적 오는 게 꼭 운수 좋은 날의 도입

부 같았다. 남편은 광화문 네거리에서 날 기다리고 있었고, 나는 세종문화회관 앞 도로로 막 들어섰다. 그때 택시 한 대가 갑자기 차선을 바꿔 내 차 앞으로 끼어들더니 내 앞 범퍼에 쾅.

쑥색 꽃무늬 파자마 차림으로 운전대를 잡고 있던 나는 어쩔 수 없이 칼바람 속에 차 밖으로 나와야 했다. 경찰을 불렀다. 택시기사도 당황한 표정이었다. 워낙 대로변에서 난 사고라 경찰에 먼저 신고를 하고, 보험사 사고처리담당자에게 뒷일을 맡기고 귀가했다.

자려고 누웠는데 아무리 생각해도 이건 고의로 사고를 낸 게 아니라면 이해가 되지 않는 사고였다. 거의 잠을 자지 못하고 다음날 오전 블랙박스를 가지고 종로경찰서 사고조사계에 갔다. 경찰은 내가 가져온 블랙박스 녹화영상을 돌려봤다. 나는 열을 올리며 상황을 설명했다.

"이렇게 갑자기 끼어든 건 이상해요, 내가 그 전에 길가에 불법 주차된 차를 비켜 가려고 살짝 차선을 밟고 주행했거든요, 그래서 내 차가 그 택시의 진로를 방해했다고 생각해서 보복한 것 같아요."

경찰은 두세 번 돌려보더니 고개를 갸웃했다. 보복 운전은 사고 전에 실랑이 같은 과정이 있어야 하는데 그게 없고, 고의 사고라고 하기엔 영상만 보고 운전자의 고의성을 입증하기가 어렵다고 했다.

"이게 상식적인 운행인가요?"

대수롭지 않은 경찰의 반응에 나는 점점 더 화가 났다. 고의 운전이 아니고서야 이렇게 끼어들고서, 뻔뻔하게 자긴 잘못이 없다고 하는 걸 이해할 수 없다고 경찰에게 말했다. 저쪽에서 가만히 듣고 있던 다른 경찰이 이쪽으로 와서 블랙박스를 다시 봤다. 그러고 나서 물었다.

"혹시, 택시기사가 나이가 있으시던가요?"

칠십 대 초중반 정도로 보였으므로 나는 그렇다고 했다.

그랬더니 말했다. 전형적인 노인 운전자의 심야시간 인지 능력 저하 운전 방식일 수 있다고 했다. 나는 순간 멍해졌다. 운전자가 나이가 들어서 그렇게 운전했다고는 전혀 생각도 하지 못했기 때문이다.

사고는 크지 않았고, 상대 과실 백 퍼센트로 마무리가 됐다. 이 사고를 계기로 나 자신이 타인에 대해 얼마나 몰이해할 수 있는지 알게 됐다. 노화 때문이라니. 그러고 보니, 나이와 관련된 정반대의 경우도 생각났다. 나의 시외할머니는 아흔이 넘었지만 특별히 아픈 데 없이 정정하시다. 무릎이 안 좋았지만 인공관절 수술을 받고 나서는 거동도 거뜬하다. 중국 장자제로 여행을 가려고 실내자전거를 타고 몸보신 음식도 챙겨 먹으면서 몸을 단련했다. 하지만 패키지 예약을 하려고 가족들이 여행사에 전화를 했다가 줄줄이 퇴짜를 맞았다. 아흔이 넘으면 예약을 받아줄 수 없다고 했다. 그 말에 할머니는 크게 상심해하며 한동안 우울해 하셨다고 한다.

'정상적'이라는 기준을 세우고 나이에 대한 고정관념이 자리 잡으면, 우리는 스스로가 정의내린 기준에서 빗겨 있는 타인에 대해 쉽게 공격적일 수 있다.

누군가가 자신의 브레이크를 늦게 밟아서 사고가 났을 때, 나는 그 사람의 의도와 진의를 내 식대로 해석하고 있는 건 아닐까. 저 사람은 고의성이 있다! 소리를 높이면서 벌금이라도 내게 하지 않으면 안 될 것처럼 말이다. 당하고는 못 산다는 그 심리가 기저에 깔려있는 데다가, 나보다 세 보이지 않는 사람에게는 더더욱 당하지 않겠다는 그 심리가 있었던 건 아닐까 싶었다.

내가 기준선을 좁게 긋고 살고 있는 건 아닌지 그 일로 다시 한번 느꼈다. 낯선 타인에 대해서 판단의 여지를 남겨두는 사람이 되자. 우야든동 깨달음의 원천이 되는 타인에 대하여.

인생을

전시할 필요는 없다

오랜만에 누굴 만났는데, 대뜸 나한테 이렇게 말했다.

"행복하게 잘 지내고 계시던데요."

무슨 말인지 싶었는데, 내 인스타그램을 보고 근황을 '팔로우'하고 있다고 했다.

"인스타그램에 안 행복해 보이는 사람도 있나요?"

내 반문에 머쓱해졌는지, 그는 쉽게 수긍했다.

"하긴. 그건 그렇죠."

한번은 강원도 평창 펜션에 놀러갔는데 깔끔하고 아늑하긴 했지만 홈페이지에서 봤던 것만큼 예쁜 곳은 아니었다. 바비큐장에서 삼겹살, 옥수수, 버섯, 마시멜로 같은 것들을 구워서 그 풍요로운 장면을 사진 한 컷에 담아 인스타그램에 올리려고 했던, 나의 얄팍한 의도는 물거품이 됐다. '한건' 하려던 게 망했다.

SNS는 타인의 고통으로 들어가는 것을 거부한다. 좋은 것만 올리고, 남들이 보고 싶어 하는 것을 올린다. 어두운 내용은 감춘다. 소비를 하지 않으면 올릴 게 없다. 어디든지 여행을 떠나야 한다. 집 안에 있으면 강아지의 움직임이라도 찍어서 올려야 한다. 라면이라도 플레이팅을 해서 먹어야 한다.

비슷한 생각을 가진 사람들끼리 모이게 되고, 다른 의견은 무시되고 차단된다. 내가 무시하고 있다고 생각조차 못할 정도로 눈앞에서 사라지고 없는 양 치부된다.

그것은 이야기가 없고 이미지만 있기 때문이다. 이야기는 생각을 하게 한다. 나와 전혀 관계없는 사람은 이야기를 통해서 그 결을 느낄 수 있다. 이야기의 힘은 무엇인가. 자신의 서사가 담긴 이야기를 듣는 타인은 그 순간부터 자신과 타인의 공통점을 찾으며 감응한다.

하지만 이미지는 어떤가. 일방적이다. 생각을 하거나 판단을 내리기가 어렵다. 대신에 단지 좋다, 싫다. 부럽다 등의 즉각적인 감정만 불러온다. 그것이 인스타그램의 권력이다. 내 삶을 유도한다. SNS에서 다른 사람의 전시된 행복을 보는 것이 아무렇지도 않다가 어느 순간에는 치명적으로 잠 못 이루게 한다. 그것은 카페인 중독 현상과 비슷하다. 열이 나기도 하고 가슴이 두근두근하기도 하고 잠도 안 온다. 생각이 꼬리에 꼬리를 물고, 배도 좀 싸하게 아프기도 하다. 그렇게 몸까지 지배를 받는다. 고작 한두 모금의 커피 때문에 내 일상이 균형 감각을 순식간에 잃어간다. 카페인과 달리 SNS의 더욱 큰 문제는 그것은 나와 다른 사람의 존재는 망각하게 만드는 것이다. 비슷한 기호를 가진 사람들끼리 묶어놓고 다른 것은 이상한 것, 실패한 것, 허접한 것으로 치부하게 된다. 그리고 같은 생각을 할 수는 없어도 이해는 할 수 있는 그 가능성마저 철저하게 차단한다.

그런데 말이다, 지금까지 쓴 말들은 사족에 불과하다. SNS를 하는 것에 대한 의미를 따지는 시대는 지나갔기 때문이다. 트렌드에 늘 뒤떨어진 나조차 SNS 세계에 발을 담그고 있다. 열심히 하고 있진 못하지만 말이다. 수십만 명의 구독자를 보유하고 있는 한 인플루언서는 SNS를 자신이 주인공인 잡지라고 생각하고 올린다고 말했다. 우리는 이미 각자가 주인공인 세상을 만들고 있는 것이다.

SNS를 할 때는 여러 감정이 든다. 얼굴은 짜증이 섞여 있는데, 댓글로는 너무나 축하한다는 글을 기계처럼 남기기도 한다. 주고받듯이 하트를 누르는 게 소모적이라고 느껴져서 어느 날에는 탈퇴하고 싶기도 하다. 나는 왜 이렇게 가진 게 없는지 자괴감에 빠지기도 하고, 괜히 예전 여행 사진을 뒤져서 지금 휴양지에 있는 것처럼 올려볼까 하다가 아무래도 몇 년 전 사진인 게 티가 나서 의기소침해지기도 한다.

우리는 본인의 감정을 일정 선에서 스스로 멈추게 하는 근육을 키우는 게 좋다. 어른은 감정을 스스로 컨트롤할 수 있어야 한다. 절대적인 건 없다. 내 힘으로 멈추게 하는 것은 근육이 있는 어른이 할 수 있다. 자기가 중요하다고 생각하는 일에 시간을 보내는 것이 바로 일상의 근육이다. 그게 절대적이지도 않다는 것을 증명하려면 자기 힘으로 멈출 줄 알아야 한다. SNS를 하는 사람이 갖춰야 할 'SNS 근육'이다.

그리고 어느 선까지 할 건지 정하는 것은 전적으로 내가 할 일이다. 내 인생의 선은 내가 긋는 것이다. 내 인생 전체를 그곳에 모조리 전시할 필요는 없다. 원할 때는 잠시 연결되지 않아도 된다. SNS를 하느라 다른 사람을 만날 필요도 없고, 다른 사람을 만나고 싶지 않다는 생각을 한다면 당신은 이 시대의 빛나는 문화를 아직 제대로 향유하지 못하고 있는 것이다.

힘들어하는 친구를 위로하는 법

나는 다른 사람의 고독 속으로 들어가기란 불가능하다는 것을 실감한다.

만일 우리가 다른 누군가에 대해서 조금이나마 알 수 있게 된다는 것이 사실이라면, 그것은 단지 그 사람이 자기를 알리려고 하는 범위 내에서이다.

어떤 남자는 이렇게 말할 것이다.

"나 추워."

> 아니면 그는 아무 말도 하지 않고 그 대신 떠는 모습을 보일 것이다. 어떤 식으로든, 우리는 그 사람이 춥다는 것을 알 수 있다. 그러나 아무 말도 하지 않고 떨지도 않는 사람에 대해서는 어떻게 해야 할까?
>
> -《고독의 발명》, 폴 오스터, 열린책들

만약 폴 오스터 소설에서 이 구절을 먼저 읽고 나서 친구의 고민을 들었더라면 나는 좀 더 주의 깊고 따뜻한 위로를 할 수 있었을까. 사회생활을 시작한 지 1년도 채 안 됐을 때의 일이다. 신입 때는 정신없이 굴려야 실력이 쑥쑥 자란다는 회사 상사들의 만장일치 교육 방침에 따라 나는 무려 2주를 밤낮으로 일한 다음에야 주말 이틀을 겨우 쉴 수 있었다. 그렇게 쉬는 날이면 종일 미열이 올라 얼굴이 벌게진 채로 침대에서 꿈쩍도 안 하고 숨만 쉬었다.

그러던 어느 날 간만에 부지런을 떨어서 고등학교 1학년부터 쭉 친했던 친구 K를 한 대학가 카페에서 만났다. K는 대학교 2학년 때부터 일찌감치 공무원 시험을 준비하고 있었다. 공무원 시험은 필기에서 정원의 120퍼센트를 뽑아놓고 면접 전형에서 20퍼센트 정도를 탈락시킨다고 했다. 그런데 하필이면 K가 얼마 전에 본 시험에서 그 20퍼센트에 속하게 됐다. 반쯤 열렸던 문이 갑자기 자기 차례 앞에서 쾅 하고 닫혀버리자 K는 크게 상심했다. 그날 나는 달달한 와플과 커피를 사주며 친구를 위로를 했다.

"네가 포기하지 않는 한 언젠간 될 거야. 그게 얼마나 빨리 되느냐의 문제인 거지. 그러니까 너무 우울해하지 말고 힘 내."

이럴 때 괜히 책상에 앉아 있지 말고 머리나 좀 식히라면서 괜찮은 소설책 몇 권을 추천하기까지 했다. K는 고개를 살짝 끄덕였다. 친구를 위로하고 나니 딱히 할 말이 없어져서 카페 창 너머로 지나다니는 사람들을 봤다. 대로변에는 카페와 프랜차이즈 식당, 술집들이 큼직하게 늘어서 있었지만 골목에는 공무원 학원과 독서실, 수험생을 대상으로 하는 오래된 백반집들이 일부러 그늘진 데를 찾아 들어온 것처럼 다닥다닥 모여 있었다. 헤어질 때까지 친구의 표정은 어두웠다.

이후 K는 7년여 간의 수험 생활 끝에 공무원이 됐다. 터널을 빠져나오는 수준이 아니라 아예 터널을 직접 드릴로 뚫고 나온 것처럼 고생했던 K의 합격 소식은 기뻤다. 그리고 한참이 지나 K는 공무원 생활이 좀 익숙해졌을 때 내게 말했다. 그날 그 카페에서 내가 너무 미웠다고. 직장에 들어가서 자리 잡은 친구가 아주 한가한 소리나 하고 있다는 느낌이었단다. K는 담백하게 한마디 덧붙였다.

"사실 그때는 그 누가 무슨 말을 해도 다 그렇게 미웠어. 좋은 말도 좋게 안 들렸어."

순간 나는 얼굴이 붉어지면서 K에게 사과했다.

그러고 보면 나처럼 남의 속도 모르고 한가한 소리나 하는 친구는 어느 시대에나 꼭 있나 보다. 고대 그리스에서 한 사람이 집에 불이 크게 나서 완전히 잿더미가 됐다. 마침 그 사람의 친구 중에 에픽테토스라는 철학자가 있었다.

그는 불타버린 집 앞에서 망연자실해 있는 친구에게 이렇게 말했다고 한다. 준엄한 목소리로.

> "우주를 지배하는 것이 무엇인지 진정으로 이해한다면, 어찌 돌 조각들과 예쁜 바위 따위를 갈망 할 수 있겠는가?"

말도 안 되는 위로를 위로랍시고 하는 이 철학자의 이야기를 에세이에서 인용한 알랭 드 보통은 괄호를 치고 솔직하게 말했다.

> "이 우정이 그 이후로도 오래 지속되었는지는 모르겠다."

생각해보면 이십 대의 나는 위로를 참 못했다. 그것은 내가 공감 능력이 현격하게 떨어져서라기보다는 내 안에서 에너지가 극도로 낮은 상태였기 때문이었다. 나는 일에 모든 것을 소진하면서 K의 어려움을 마음 깊이 들여놓으려고 하지 않았던 것이다. 속으로는 내가 힘든 걸 친구에게 말하고 싶어 하는 속내가 있지 않았을까. 나도 힘드니까. 힘들다는 건 객관적일 수 없는 자기만의 기준이 있기 때문이다.

친구가 속 이야기를 해도 내가 그것을 감당할 정도의 여유가 없다면 우리는 선부르게 처방전을 내리려고 한다. 그래서 충분한 이야기를 듣기도 전에 조언으로 이야기를 마무리 지으려고 할 때가 있다. 그런 조언은 상대에게 오히려 상처가 된다. 큰 맘 먹고 털어놓은 친구에게 무례함이 될 수도 있다.

받아들이는 쪽도 마음이 건강해야 조언을 받아들일 여력이 된다. 친구 K가 털어놓았듯이 누가 어떤 말을 해도 자신의 에너지가 바닥난 상태에서는 먹혀 들어가지 않는다. 내 고통을 표현하는 것도, 타인의 고통을 알아채는 것도, 이해하는 것도 서툴다. 친구의 에너지가 바닥났다는 것을 알면 실망과 상처도 덜 받을 텐데 그걸 알아채는 게 쉽지 않다. 그래서 에너지가 비슷한 친구가 서로에게 무례하지 않을 수 있다.

그런 면에서 우리는 인생을 통틀어 에너지가 가장 많은, 너무 많아서 문제이기도 한 십 대 시절에 상대를 가장 잘 위로했는지도 모른다. 드라마 〈응답하라 1988〉을 보면 천재 바둑기사 택이 슬럼프에 빠지면서 괴로워하는 장면이 나온다. 바둑 대국에서 지고 온 택이 돌아오자 아버지와 동네 어른들은 쉬쉬하면서 조용히 서로 눈치만 본다. 괜찮아지길 기다리자면서. 그런데 쌍문동 골목 친구들은 우당탕거리며 택이네 집에 쳐들어온다. 먼저, 덕선이가 닫혔던 택이 방문을 활짝 열어젖히며 이렇게 말한다.

"어휴, 너 완전 깨졌다며! 동네 창피해서 어디 다니겠냐?"

조금 더 의젓한 선우가 말을 잇는다.

"이제 질 때 됐어! 이때쯤 딱 질 타이밍이었어!"

내내 어른스럽던 택이가 그제야 딱 고등학생 같은 표정으로 말한다.

"실수야. 난 뭐 맨날 이기냐?"

친구들은 말한다.

"야, 차라리 욕을 해!"

그러면서 친히 욕 시범을 보인다. 택이는 그렇게 억눌려 있던 스트레스를 한바탕 욕을 하면서 풀고, 쌍문동 친구들은 그런 택이를 마주보며 우하하 소리 내서 웃는다.

힘들어하는 친구에게 줄 수 있는 위로는 자기 에너지를 건네주는 것이다. 때로는 그런 말 한마디로 한 사람이 어둠에서 탈출한다. 닫힌 문틈 사이로 보이는 희미한 불빛이 큰 힘이 되는 것처럼. 그래서 우리는 서툴더라도 친구에게 작은 위로의 말을 건네려는 시도를 멈추지 않아야 한다.

어디서 본 적 있으나

누군지 기억 안 나는 사람에 대하여

"어, 안녕하세요!"

누군가 아는 척을 했는데, 그 사람 이름이 기억이 안 난다. 게다가 그 장소가 하필 수영장이라면? 이렇게 난감할 데가 없다. 그날 내가 처한 상황은 수영장에서도 하필 레인 끝, 그것도 내 얼굴에 물안경 자국이 벌겋게 나 있고 짧은 숨을 헉헉 몰아쉬고 있을 때였다.

취재를 하면서 알게 된 경찰이었다. 수영복이야 입고 있었지만, 사회에서 일로 만났던 사람과 반라(?)의 상태로 마주하게 되는 건 얼굴이 화끈거릴 만한 일이었다. 게다가 나는 그의 이름도 기억나지 않았다. 그가 먼저 아는 체를 하지 않았다면 나는 모르고 넘어갔을 정도로 그저 잠시 일로 만난 취재원이었다. 무슨 취재 때 만났는지 생각이 바로 나지 않았다. 본 적이 있다는 것만은 확실했다.

나는 그가 먼저 출발하기를 바랐지만 그는 어깨를 주무르면서 출발할 생각을 하지 않고 있었다. 이건 좀 야비한 거 아닌가. 내가 버티지 못하고 먼저 출발했다. 하필이면 국제경기 규격에 맞는 50미터짜리 레인을 갖춘 수영장이었다. 수영 실력이 잼뱅인 나는 레인 중간에 한번 쉬어야 했는데, 그때 슬쩍 내가 출발한 곳을 보니 그는 여전히 출발하지 않고 내가 가는 쪽으로 시선을 두고 있었다. 아니, 나만의 착각이었는지도 모른다. 나는 생각했다.

'아, 아는 척 좀 하지 말지.'

불편했다. 이런 적은 종종 있다. 연락처에 저장되지 않은 사람이 전화가 와서 자기 통성명조차 하지 않고 뭐가 그리 급한지 곧바로 본론부터 꺼낼 때가 있다. 그럼 누구냐고 물어보기가 뭣해서 예예 하다 보면 뒤따르는 용건 내용으로 유추해서 누군지 윤곽이 서서히 잡혀가는 경우들이다.

만나는 모든 사람에 낱낱이 성실할 수는 없다.

한번은 지인이 회사에서 선물 받은 산세베리아 화분을 받을 수 없는 상황이라며 배송지를 우리집으로 했다. 그는 키우기 쉬운 공기정화식물로 꼽히는 거라며, 물만 가끔 주면 괜찮을 거라고 했다. 우리집에 들인 첫 식물이었다. 실제 받아보니 접대용으로 보내는 거라서 그런지 장독만큼 화분이 컸다. 산세베리아 높이까지 하면 가슴께까지 왔다. 거실 TV 옆에 두고 가끔 물을 주고 이파리에 앉은 먼지를 한 장씩 닦아내면서 나름 정성을 들였다.

그런데 몇 달이 지나자 산세베리아 이파리 가장자리가 조금씩 노랗게 변했다. 그러더니 또 조금 지나자 그 빳빳하던 게 힘이 약해졌다. 영양이 부족한가 싶어 힘없는 이파리들을 모두 떼어 냈다. 차도는 없었다. 아무래도 죽은 것 같았다. 남편과 나는 합의 끝에 산세베리아를 뽑아내기로 했다.

그런데, 우리는 뿌리를 뽑고 나서 알게 됐다. 이 산세베리아가 뿌리내린 건 김장독만하게 큼직한 화분이 아니라 국그릇만한 플라스틱이라는 걸. 꽃집 주인이 대충 플라스틱 간이화분째로 꽂아버린 것 같았다. 그래서 흙 여기저기에 물을 줬어도 결국 뿌리 바로 아래 말고는 효과가 없었던 것이었다.

인간관계에 있어서 선과 악의 구분이 쉽지 않다. 누군가는 아무 의미 없이 하는 말이 엄청나게 큰 의미로 다가올 수 있고, 잇속을 차리기 위해 한 행동들이 누군가에게는 생명을 살리는 일이 될 수도 있기 때문이다. 아무리 알게 되는 기간이 오래 돼도 이렇게 뿌리내리지 못하고 플라스틱 화분에 심어 있는 식물 같은 관계가 있다. 1년에 한두 번 만나는 사이더라도 만나면 기분이 좋고 반갑기만 한 사이도 있다. 평범한 나날 속에서 우리가 스쳐가는 인연들을 어떻게 대하는지에 따라 앞으로 내 주변의 사람들이 있을지

정해진다. 그런 사람들에게 나는 헨리 데이빗 소로의 빛나는 말을 전해주고 싶다.

> "지켜보는 이도 없고 상벌도 없는 평범한 나날 속에서 우리가 어떻게 먹고 마시고 잤으며 작은 시간들을 쪼개 썼느냐에 따라 앞으로 우리에게 어떤 권위와 능력이 주어질지 정해진다."

단어도 시대에 따라 흥망이 있다. 나 어릴 적에는 '지혜롭게'라는 말을 칭찬으로 많이 썼는데 지금은 일상에서 사용 빈도가 급격히 줄었다. 어른이나 스승이라는 단어와 함께 지혜로운 어른이란 말로 많이 쓰였다. 하지만 지혜란 건 측정할 수 없는 것이고 뭐가 지혜로운지도 잘 알 수 없다. 우리 일상에서 지혜롭게 하라는 맥락은 '아무 문제 없게'나 '무난하게' 처리하라는 말과 비슷해졌다.

그렇다면 요즘 시대에 와서 그 말은 어떻게 바뀌어야 할까. 지금은 지혜라는 말 대신에 공감과 연민이란 말이 그 자리를 대체할 만한 자격이 있다. 그것은 연대를 뜻한다.

도덕적 잣대로 시시비비를 가릴 수 없는 온갖 모호한 것들에 대해서 지혜롭게 대신에 공감과 연민이란 단어를 사이좋게 나눠 앉게 해야 한다.

5부

그럼에도 불구하고, 나와 당신의 연대

한 가지 면만 가진 사람은 없다

사람을 좋아하는 데에도 에너지가 들지만 싫어하는 데엔 그보다 더 큰 에너지가 소모된다. 한 사람이 싫어지면 그 옆에서 숨소리만 들어도 소름이 끼친다. 일거수 일투족이 신경쓰인다. 그래서 사람을 싫어하는 건 엄청나게 피곤한 일이다.

직장인의 비극은 그렇게 끔찍하게 싫은 사람이 있어도 당장 회사를 박차고 나갈 수 없다는 현실에 있다. 월세에

통신비도 매달 꼬박꼬박 내야 하고 대출은 산더미고, 경력도 아까워서. 무엇보다 그런 생각을 하다 보면 내가 왜 이런 힘든 고민에 빠져 있나, 그놈이 나가야지 내가 왜 나가냐는 생각이 들어 더 열이 받으면서 그 인간이 한층 더 싫어진다.

직장 경력 10년이 넘어서면서 사람 스트레스를 덜 받게 됐다. 내 위치가 올라가서 편해진 영향도 절대 무시할 순 없지만 CEO가 아니고서야 어딜 가나 날 쥐어짜는 윗사람, 골치 아픈 아랫사람은 늘 있다. 그나마 내가 나아질 수 있었던 것은 직장에서 만나는 사람을 통째로 싫어하지 않는 법을 익혀나가면서부터였다.

일과 분리해보면 다들 평범한 사람들이다. 그들은 밥벌이로서 지금 그 자리가 중요하지 않은 사람이 없었다. 월급날이나 수당을 받는 날이면 살짝 여유가 생겼다가 얼마 못 가 쪼들려 하는 패턴들이 눈에 보였다. 메신저 프로필에는 아들딸과 함께 웃는 사진이 자주 올라왔고, 바뀐 프로필 사진을 보고 "딸이 너무 귀엽네요!"라고 말하면 광대가 바로 승천했다. 다들 고만고만하게 살았고, 대체로 상식선의 행동양식을 가지고 있었다.

하지만 그들은 동시에 뻔뻔하기도 했다. 그 선량한 소시민들이, 자기자리에 위협(혹은 손해)이 되는 순간을 만나면 스윽 변했다. 눈 딱 감고 염치없는 짓을 했다. 자주 꼼수를 부렸다. 그런 꼼수는 같이 일하는 사람들에게 여지없이 티가 났다. 선량한 그들은 후배의 성과를 마치 자기가 다 한 것처럼 따먹고, 정작 책임을 져야 하는 순간에는 잘못을 남에게 돌리며 회피했다. 비겁해지기 위해서는 일단 뻔뻔해야 한다는 걸 그들을 보며 느꼈다. 같은 부서의 한 상사는 평소엔 더없이 친절했지만, 내가 쓴 비판 기사를 막으면서 "이건 네 잘못이야. 트집 잡힐 게 하나도 없도록 네가 완벽하게 쓰든지."라고 훈계조로 말했다. 그가 취재원에게 접대를 받았다는 건 얼마 뒤에 알았다.

회사에서 무능한 건 동료에게 반드시 해가 되지만, 유능하다고 해서 늘 선善은 아니다. 일도 잘하고 착하기도 하고 남을 잘 돕기도 하면서 조직에 활기를 불어넣는 사람이 있다고 하지만 최수종 같은 남편이 우리 주변에 없는 것처럼 회사에서 이런 사람을 실제로 본 적은 없다. 혹시 있더라도, 그런 훌륭한 인재들은 업계에 소문이 나면서 연봉도 더 높고 처우도 좋은 곳으로 훨훨 떠나가기 마련이다. 그래서 결국 남아 있는 사람들은 다시 또 그렇고 그런 사람들뿐이다. 나는? 나 역시 지붕 위로 날아간 닭을 쳐다보는 풀죽은 강아지 무리에 늘 포함돼 있다.

남아 있는 이들 중에서는 눈치 빠르고 윗사람의 비위를 잘 맞춰주는 사람들이 승진의 롤러코스터를 탄다. 새로운 환경에서의 적응력이 뛰어나다. 부서가 바뀌면 그 부서의 가장 실세를 재빠르게 캐치해서 찰싹 붙는다. 부서장이 바뀌면 기분이 나쁘지 않은 선에서 숙련된 여행가이드처럼 안내를 하고, 신임 부서장의 설익은 포부에도 맞장구를 잘 쳐 준다. 점심시간이면 "식사하러 나가시죠!" 하며 싹싹하게 잘도 모시고 나간다. 타고나지 않으면, 그런 사람을 당해낼 재간은 없다.

우리는 한 사람에 대해 전부全部 아니면 전무全無로 받아들이면 곤란하다. 그 사람이 선과 악 중에서 오로지 하나의 모습일 뿐이라는 건 나만의 입장에서 내린 판단일 뿐. 안 좋은 타이밍과 판단 착오와 고정관념이 뒤엉켜서 나온 감정일 수 있다. 조직 안에서는 좋은 사람과 나쁜 사람의 경계가 모호해진다. 어떤 일 앞에서 그 사람의 다른 모습이 드러나기도 하고, 나에겐 너무나도 좋은 사람이지만 다른 부서 누군가에게는 (격하게 말해서) 쓰레기일 수도 있다. 선량한 악인들이 넘쳐나는 곳, 당신이 있는 바로 그 자리다.

나 역시 정의롭다가도 비굴하고, 냉정하다는 말을 듣고 인정에 약하다는 평가도 받는다. 자유롭게 살고 싶지만 조직 안에서 꼰대같은 말을 나도 모르는 사이에 내뱉기도 한다. 선량한 면과 악한 면 모두를 가지고 있다. 조직 안에의 나 자신을 제3자의 시선으로 바라보면서, 주변 사람들의 지킬 앤 하이드 같은 모습들도 인정하게 됐다.

그렇게 포기할 건 포기하고, 희망이 보이는 건 악착같이 낙관의 끈을 놓지 않는 것이 일로 만난 사이들이 당신의 일상을 어지럽히지 않는 길이다. 회사생활은 기술이 아니라 마음가짐이다. '복잡하지 않게, 심플하게' 이런 마음이 필요하다. 그렇지 않으면 회사 안에서 당신의 감정은 얼마 못 가서 연료 경고등이 뜰지도 모른다.

몇년 전 일본 최대 광고 대기업에서 이십 대 여성 신입사원이 과로를 견디지 못하고 스스로 목숨을 끊었다. 출근해서 53시간이 지나 퇴근을 하는 정도였는데도(주52시간이 아니다!), 그녀의 상사는 자신이 가진 권력의 자루를 탈탈 털어서 모조리 그녀의 정수리 위에 잔인하게 쏟아부었다. 자료가 형편없다고 끝없이 비난했고, 똑바로 일하라고 날마다 채근했다. 뿐만 아니었다. 유족들은 그녀의 상사들이 "머리가 부스스하고 눈이 충혈돼서 출근하지 마." "너는 여자의 존재감을 드러내는 힘이 없어."라는 식의 성차별 발언까지 수시로 했다고 진술했다.

두 사람이 링 위에 마주보고 있다. 한 선수가 가벼운 잽을 날리는데, 그게 상대에겐 급소를 가격하는 치명타다. 맞아서 다치고 부러진 데를 또 맞으면 그게 바로 급소다. 설령 그것이 달랑 한마디 말일지라도 그렇다.

어느 겨울날이었다. 취재를 마치고 회사에 복귀하다가 눈길에 차가 미끄러지면서 교통사고가 났다. 보험사를 불러 사고처리를 하고 회사에 도착했다. 상사에게 사고 때문에 늦었다고 하니 나를 힐끗 보면서 말했다.

"대가리는 멀쩡하니까 기사는 쓸 수 있겠네."

조금 웃으면서 말했으니, 그의 말을 농담이라고 받아들여야 할까. 자신이 선배고 상대방이 후배란 이유 하나만으로 언어 폭력은 어디까지 용인되는지 혼란스러웠다.

직장인으로서 회의감이 들 때마다 직장에 다니면서 명작을 남긴 훌륭한 투잡 소설가들을 생각하며 마음을 추스른다. 그중에서도 제일 먼저 떠오르는 이름은 프란츠 카프카. 카프카는 낮에는 보험회사 직원으로 근무했다. 퇴근하고 나면 잠자는 시간을 줄여가면서 글을 썼다. 일이 고되었지만 작가로 유명해진 뒤에도 한참 동안 직장생활을 병행했다. 보험회사 직원 카프카라니. 영 어울리지 않는다. 그래도 주변 사람들 말로는 그는 꽤 성실한 직원이었다고 한다. 실력도 인정받아서 제때 승진도 잘 했다고 한다.

그렇다고 그가 일하는 걸 좋아하고, 출근할 때 발걸음이 가벼워지고, 노동의 숭고한 가치를 회사에서 찾았다고 생각했을까. 나는 단연코 아닐 거라 생각한다. 카프카는 자신의 직업을 빵 값 버는 직업Brotberuf, 우리 식으로 표현하면 '밥벌이'라고 스스로 표현했다. 소설에서 벌레로 변신하고 성에 갇히기도 하면서 권력에 짓눌린 개인의 자아를 처절하게 그릴 수 있었던 건 그의 치열한 직장생활 덕분이 아니었을까 싶기도 하다.

속내야 어쨌든 카프카도 우리도 모두 어려움을 안고 살고 있다. 그렇게 일터에 있어야 하는 것이 밥값을 벌어야 하는 이들의 숙명이라면 우리는 서로서로 덜 다치는 방법을 고민해야 하지 않을까?

한번은 부서에 새 상사가 왔다. 내가 쓴 기사가 있으면 온갖 온라인 기사들을 모조리 출력해놓고 빠진 팩트를 체크했다. 그중에는 정말로 놓친 것도 있었을 테고, 취재가 됐지만 취사선택 과정에서 제외된 것들도 있었을 거다. 최종적으로 나온 기사에서 내가 쓴 문장이 온전히 살아남은 것이라곤 한두 문장뿐일 때도 있었다. 그럴 때면 나는 온몸의 피가 거꾸로 돌기 시작하는 것 같았다. 날마다 단두대에 오르는 기분이었다. 온당한 이유였다면 납득했을 텐데, 이건 누가 봐도 다분히 감정이 개입돼 있었다. 나를 타깃 삼아 기강 잡기에 나섰다는 소문이 다른 부서까지 돌았다.

고장 난 생산라인 위에 올라선 나는 아무것도 할 수 없었다. 동시에 나는 아무것도 하고 싶지 않았다. 그럴수록 실수를 하면서 허점이 노출이 됐다. 내가 쓰는 기사가 이 엉망진창의 컨베이어벨트에 올라선다고 생각하면, 쓴 위액이

식도를 타고 역류했다. 미간을 찌푸리며 겨우 다시 삼켰다. 비상계단으로 갔다. 참고 있기에 눈물은 뜨거웠다. 나의 성과물을 손댈 수 있는 권력을 가진 한 사람에 의해 내 업무가 전적으로 좌지우지되는 일이 날마다 무한 반복되면서 나는 겉으로는 멀쩡했지만 속으로는 무너지고 있었다.

그렇게 지내던 어느 날 동료 몇 명이 나에게 번개로 '노동주'를 마시자고 했다. 그날 저녁 그 자리에서 그렇게 웃음이 났다. 직장에서 쓰레기 같은 상사를 만나면 그 아래 직원들은 똘똘 뭉친다. 답이 없기 때문이다. 다 같이 열받고 힘들기 때문이다. 공장 얘기는 이제 그만하자고 하면서도, 그날 우리는 일 얘기와 그 선배의 뒷담화를 끊임없이 하면서 웃고 떠들었다. 그렇게 하고 나니, 별것도 아닌 일이란 생각이 들었다.

사무실 옆에 앉아 있는 동료가 경쟁자거나 자신에게 방해가 되는 존재로 여겨지다가도 같은 고민과 고통을 느끼면서 버티고 있다는 것을 알 때 우리는 느슨하게 연대할 수 있다. 아픔은 다른 것을 잊게 한다. 통증의 단순함에는 큰 힘이 있다. 각자의 다른 점을 모두 없애고 나서 남는 한 가지, '우린 모두 통증을 느끼는 존재'라는 것에 집중하자. 〈미생〉의 장백기가 '당신과 나는 다르다'고 선을 긋다가 장그래의 숨은 아픔을 처음 본 날, 비로소 "내일 봅시다."라고 인사했던 것처럼.

통증은 부위가 다르고, 강도도 사람마다 제각각이다. 한 번 통증을 느낀 사람은 그 통증이 올 것 같은 위험을 미리 감지하고 자신도 모르게 몸이 움츠러든다. 그것은 자신을 지키려는 본능이다. 통증을 느끼면서 나란 사람이 어떤 것을 견딜 수 있고 어떤 것에는 무력한지, 어떤 위험에 노출되어 있는지를 비로소 알게 된다. 바로 '자기 인식'의 순간이다. 자기 인식을 거치면서 우리는 상대를 완전히 이해할 수는 없어도 서로의 적당한 거리를 받아들이고 서로의 아픔을 존중할 수 있게 되지 않을까. 이렇게 생각하는 걸 보니 내 인류애는 아직 바닥나지 않았나 보다.

우리는 저마다 권력을 갖고 있다. 회사에서는 대표가 가장 큰 권력이다. 부장은 차장보다 더 큰 권력을 가졌고, 차장은 과장, 과장은 대리, 대리는 신입사원보다 조금 더 권력을 가졌다. 하다못해 어리바리한 신입사원도 한 해가 지나 새 사원이 후배로 들어오면 자못 선임자다운 표정을 짓고 선배 노릇을 하려고 든다. 옆에서 볼 때 코웃음이 나겠지만 당사자는 꽤 진지하게 권력 행사를 한다.

회사는 조직 운영을 위해 구성원들에게 권력을 배분한다. 한번 권력의 아찔한 단맛을 본 사람은 그 권력을 최대한 누리려는 욕망을 갖게 된다. 욕망이란 놈은 권력이란 촉매제를 만나면 바깥으로 그 못생긴 얼굴을 드러내고야 만다.

권력을 쥐어보면 우리는 어떤 사람인지 밑천이 드러난다. '나부터 바꿔보겠다'라는 마음이 아니라 '언제 뺏길지 모르니 제대로 한번 누려보겠다' '당했던 만큼 갚아보겠다'라는 방향으로 결정 내리는 순간부터 내 안의 비극은 싹튼다. 그렇게 생각하는 사람이 조직에 많을수록 비극은 무한히 재생된다. 우리는 서로에게 상처를 주지 않기 위해 노력해야 한다. 그 노력은 헌혈과 비슷하다. 귀찮지만 꽤 의미 있는 일이고, 안 할 때보다 하고 난 후가 좀 더 나은(나아보이는) 내가 된다.

나라고
물들지 않을
______
자신 있는가

일요일 저녁이면 괜히 몸이 아프고 잠자는 시간마저 아까웠다. 출근할 생각에 우울했다. 출근하고 퇴근하고, 25일이 되면 월급을 받아서 그 규모에 맞게 지출을 했다. 회사에서는 싸울 일이 많았지만 어지간해선 외면했고, 드물게 항의했다.

스물다섯 살에 시작한 회사생활을 회상해보면, 빨간 모자를 쓴 소녀가 늑대가 있는 집의 문을 활짝 열어젖힌 것 같다. 푸근하고 늘 내편인 할머니가 계신 줄 알고 문을 연, 완전한 무방비 상태였다. 오락실 격투 게임처럼 악당들을 해치워도, 더 센 악당이 나왔다. 윗사람들은 불합리해 보이는 것들에 "원래 그래."라고 늘 말했다. 그게 조직의 논리라고 했다. 더 시간이 지나서는 그들은 조직의 생리라는 말을 더 많이 썼다. 논리는 타당한 규범과 기준을 의미하지만, 생리라고 하면 습성이나 생활방식을 의미하기 때문에 옳고 그름의 문제와는 아예 떨어질 수 있기 때문이다. 그들이 신봉하는 조직의 생리에는 좀처럼 적응이 힘들었다.

첫 직장에서 발령이 난 부서에 여자는 나뿐이었다. 보고 배울 여자 선배가 없었다. 여자라는 대표성을 자의 반 타의 반으로 짊어지고 혼자 끙끙댔다. 순둥이처럼 보이지 않으면서도, 드세거나 기가 세 보여서는 안 됐다. 흡연자가 아니었는데 옆에서 누가 담배연기를 뿜어대더라도 까다롭게 보일까봐 아무렇지도 않아 했다. 나대지 않으면서도 그렇다고 빼지도 않는, 그 묘한 선에서 줄타기를 잘 해야 했다. 그런 스릴 만점 줄타기는 어디에서도 배운 적이 없었기 때문에 늘 서툴렀고, 줄에서 떨어지기 일쑤였다. 쿵.

하지만 어느새 그 생활에 적응되면서 조금씩 무뎌졌다. 연차가 쌓이면서 후배도 생겼다. 어느 선에서 직설적으로 말할 줄도 알게 됐고, 어느 정도는 눙치듯이 말하면서 상대를 뜨끔하게 하는 것만으로 효과가 있기도 했다. 그렇게 요령을 익히면서 10년 넘게 직장생활을 이어갔다. 회사생활이 체질이라는 얘기까지 들었다(안다. 욕일 수도 있다).

직장생활의 2차 위기는 삼십 대가 되면서 다가왔다. 어느새 버티다 보니 내가 그 욕 먹는 자리에 서 있게 되었다. 그러면서 피해자였던 내가 때때로 가해자가 됐다. 비슷한 사람과 같은 공간에서 오랜 시간을 보내면 비슷해진다. 오묘하게 닮아간다. 부부만 닮는 것이 아니라, 일터에서 만나서 부대끼는 사람과도 비슷해진다. 시간이 지나면서 투닥거리던 바로 그 사람하고도 별문제 없이 잘 지내게 됐다는 말은, 내가 그 사람과 전보다 훨씬 닮아가고 있다는 것을 의미한다. 의식적으로 문제를 일으키고 싶지 않아서 사고방식까지 비슷하게 따라 하는 것, 그것이 회사 안에서는 유능함으로 인정이 되기도 한다. 그렇게 인정받으면 기를 쓰고 더 따라하게 된다. 그러다 보면 언젠가는 이런 말을 듣게 된다.

"너도 비슷해."

미러링Mirroring 효과라는 심리학 용어가 있다. 우리 말로 거울 효과, 모방 효과라고 한다. 같은 공간에 있으면 모방하게 되고 내가 보는 움직임과 비슷한 움직임을 하게 되고 그 사람의 사고방식까지 닮아가게 된다. 미러링을 통해 사고방식은 스미듯 대물림된다. 언론에 보도된 한 연구를 보니 지속적으로 언어폭력에 노출되면 언어 기능과 감정 조절 기능이 떨어진다고 한다. 뇌 구조가 변하는 것이다. 그러다 결국 가해자의 뇌 구조와 비슷하게 공감능력이 현저하게 떨어지게 된다. 피해자는 가해자의 모습이 된다. 미러링은 강력한 전염병이다.

우리는 모두 다 아픈데도 그 와중에 서로를 힘들게 한

다. 사람이 사람에게, 알면서 주는 상처가 얼마나 잔인한 줄 알면서 왜 그렇게 되는 걸까. 어느 드라마에서 합리적인 사장님으로 나오는 권해효가 읊조리듯 말한 대사가 기억난다.

> "내가 옳은 방향으로 살고 있다고 자부한다고 해도 한 가지만은 기억하자. 나도 누군가에게 개새끼일 수 있다."

생각하기 시작하면 피곤해진다. 회사라는 판단 주체에 반기를 들면 일터는 전쟁터로 변모한다. 피가 철철 흐르고, 사방에 적이 있어서 언제든지 일격을 당할 수 있다. 덮어놓고 인정하고 분위기에 같이 휩쓸려서 가면 여러모로 편해진다. 생각할 필요도 없어진다. 원래 그렇다는 말, 시키는 거나 잘 하라는 말, 다 이유가 있으니까 일단 하라는 말. 그런 말들을 스스로도 아무렇지 않게 하게 되면서부터 직장인간의 고생 레벨은 감당 가능한 수준으로 하향된다.

그래도 '생각하는 인간'이 되기 위해 주문을 외듯 말한다.

내가 누군가에게 개새끼일 수 있다는 것을 잊지 말자. 주문만으론 모자라다. 그래서 해가 갈수록 민감함에 있어서 나보다 예민한 촉수를 가진 젊은이들의 말에 진지하게 귀를 기울여야 한다고 느낀다. 역사를 잊은 민족에게 미래는 없듯이, 신입 시절을 잊은 부장님에게 임원은 없다? 아, 그건 또 아니다. 그게 회사지.

다정한 미소로는

존경받을 수 없다

뉴스 앵커를 하는 기자 선배가 있었다. 목소리 좋고 얼굴도 예쁜 데다가 순발력까지 있어서 뉴스 속보를 처리하거나 갑자기 긴급 뉴스가 편성됐을 때 자주 투입되는 유능한 앵커였다. 그런데 하루는 나와 얘기를 하다 갑자기 고민을 털어놓았다.

"어쩌지? 자꾸 습관적으로 입 꼬리가 올라가."

좋은 뉴스건 안 좋은 뉴스건 부드러운 인상을 주려고 카메라 앞에서 자동적으로 살짝 미소를 짓는 게 습관이 되었다는 거다. 그래서 큰 사고나 재난 뉴스를 진행할 때도 상황에 맞지 않게 웃다 보니 시청자 항의 전화까지 받았다고 했다. 그 말을 듣고 나서 봐서 그런 것일까. 울상을 짓는 선배의 표정에서도 입꼬리 만큼은 조금 올라가 있는 것 같았다.

방송 온에어 불이 켜지지 않는 회사의 일상에서도 나도 모르게 습관처럼 웃게 될 때가 있다. 이십 대 때는 그게 뭔지 몰라서 일단 웃는 표정으로 있었다. 학창 시절 매를 든 선생님 앞에서 불쌍한 강아지 같은 표정을 지어서 한 대라도 덜 맞아본 경험이 있으니까. 내가 뭘 잘못했는지는 모르지만, 앞으로도 실수를 저지를 게 확실하니까 일단은 잘 보이자 싶은 마음에 '밑져야 본전' 식 미소였다. 그리고 뒤돌아서서 습관처럼 한숨을 쉬어 댔다.

연차가 쌓이고 나서는 윗사람의 호불호가 눈에 빤히 보여서 내 감정을 숨기게 됐다. 일하다 보면 결국 윗사람이 좋아하는 후배는 엄청나게 유능한 인재가 아니었다. 같이 일하기에 무난한 후배다. 좋게 포장하면 '협업'을 잘하는 인력이고, 포장지 풀고 말하자면 부려먹기 좋은 후배다. 그런 사람들은 라인을 타고 쭉쭉 올라갔다. 윗사람이 매일의 기획과 업무부터 연봉협상의 자료가 되는 인사고과까지 절대적인 영향을 미치기 때문에 그들과의 관계는 중요하다. 그러다 보니 유들유들한 후배로 직장인간의 탈을 쓰게 된다.

그렇게 지내면 일단은 '나이스'한 사람으로 평가받을 수 있다. 다른 것, 모난 것, 튀는 것을 인정하지 않고 다른 것을 비슷하게, 모난 것을 뭉개고, 튀는 것을 지우는 것이 우리 사회 깊숙하게 뿌리박혀 있다.

특히 여성 직장인에게 나이스해야 한다는 고정관념들은 더 압박으로 다가온다. 때문에 종종 세련되게 연기를 하면서 산다. 괜찮은 척, 친절한 척, 아무렇지도 않은 척을 한다. 여성의 감정 노동은 사회적 기대치에 맞춰 강도를 높여간다. 그러다 보면 자기가 만든 자기 이미지에 스스로 갇혀서 자신을 더 힘들게 하는, 안타까운 구도에 직면하게 된다.

남자화장실에는 못 들어가니 그 공간은 어떤 세상이 펼쳐지고 있는지 모르겠지만, 나는 여자화장실에서 울고 있는 여자 후배들을 가끔 목격했다. 안 운 척하고 눈을 내리깔아도 눈 주위가 이미 빨갛게 부어 있다. 친한 정도에 따라 그저 못 본 척 넘어갈 때도 있고, 무심한 척 밝게 인사하면서 한번 실없는 농담을 하고, 친하면 함께 신세한탄을 해주고, 영 안 되겠다 싶을 후배에게는 내가 할 수 있는 한도에서 그 문제를 조금이라도 해결해주려고 나서기도 한다.

눈가가 붉어진 후배들에게, 정확한 의사표현을 해야 할 때를 계속해서 놓치지는 말아야 한다고 말하고 싶다. 살가운 동료, 미소 짓는 후배, 친절한 선배가 되는 걸 포기해야 할 때가 있다. 조금 무심하고 쌀쌀맞은 면을 남들이 알아채도 어쩔 수 없다. 상대가 기분 상하지 않게 무던히 넘어가는 것도 어느 정도껏이다. 내 감정이 상했는데 늘 상대방의 기분을 먼저 살피는 것은 자신의 삶에 직무유기를 하는 것이다. 당장의 트러블을 피하고 싶어서 그러는 것이지만, 때론 그런 행동들이 더 큰 피해와 자신에 대한 상대방의 태도를 공고하게 정해버리는 결과를 초래하고, 그런 단정들이 마지막에는 자신마저도 순응해버리는 순간이 오고야 만다.

조직의 아래쪽에 있을 때는 그나마 용인이 되고 장점이

되지만 조직의 위로 올라가게 되면 그런 점들은 오히려 자신의 발목을 잡아서 마이너스가 된다. 욕 안 먹고 싶고, 좋은 사람처럼 보이고 싶어서 그랬던 게 무능력으로 바뀔 때가 온다. 특히 뭔가를 결정해야 하는 자리에 갔을 때가 그렇다. 그저 사람 좋고 나이스한 사람이 장長이 되면 민폐가 된다. 조직에서는 결정적인 순간에 뒤로 밀리게 된다. '어, 이게 뭐지' 하는 순간에 훅 간다. 내 경험으로는 예외가 없었다.

나는 회사에서 팀장이 처음 됐을 때 나이스한 선배가 되고 싶었다. 그래서 그 누구도 혼내지 않았다. 지시하지 않고, 후배의 의견을 먼저 묻고 납득시킨 다음에 일을 시켰다. 무슨 일이 터지면 후배들에게 일을 분담하기보다는 내가 가장 먼저 나서서 했다. 하지만 몇 달이 지나서 나는 쓸쓸해졌다. 팀 성과는 내 기대에 훨씬 못 미쳤고, 후배들은 자신의 커리어를 제대로 살리지 못하고 있었다. 후배들은 위에서 내려온 지시를 제대로 커트하지 않고 내가 다 하고 있는 것에 불만을 갖고 있었다. 어떨 때는 소통보다 지시를 내려주는 게 편하다고도 했다. 나이스하려고 한 것이 무능력에 가까워지고 있었다. 내가 알던 한 대기업 임원이 말했다. 위로 올라갔는데 위에 쓴 소리 안 듣고 싶고, 후배들에게 욕 안 먹고 싶으면 자신의 직무 태만이 아닌지 생각해봐야 한다고 말이다.

다정한 미소만으로는 후배에게 존경받을 수 없다는 것을 깨달았다. 우리는 조직에서 요령 있게 솔직해야 한다. 솔직하지 않을 때, 좋은 사람으로만 남고 싶을 때 우리의 감정을 배설할 그 어딘가 약한 고리를 찾기 마련이다. 그 약한 고리는 애꿎은 가족일 수도 있고, 회사의 힘없고 순둥순둥한 후배일 수도 있다. 그런 구조를 구축하는 순간부터 당신은 억울하겠지만, 비겁한 사람이 된다. 당신이 그렇게 싫어하던 그 상사와 똑같이.

유머의 힘

초등학생 시절, 우리 여섯 가족은 안방에 모여 영화 〈스피드〉를 보고 있었다. 책상 앞에 5분만 앉아 있어도 좀이 쑤시더니 그때는 밧줄로 묶인 것처럼 두 시간 내내 꿈쩍도 하지 않았다. 시속 80킬로미터 아래로 속도가 떨어지는 즉시 시한폭탄이 터진다는 기가 막힌 영화 설정에 푹 빠져서 움직일 수가 없었다. 속도가 간당간당해지면 눈도 깜빡이지 않다가 주인공 키아누 리브스가 가까스로 속도를 올리면 악보에서 쉼표를 간만에 발견한 가족 합창단처럼 여섯 명이 동시에 숨을 크게 쉬었다. 위기를 넘겼다 싶을 때 위기, 또 넘기면 더 큰 위기. 마침내 이 모든 위기를 넘긴 키아누 리브스와 산드라 블록의 키스신이 나왔다. 엔딩이었다. 그런데 잠깐, 입술에 쪽 뽀뽀하는 수준이 아니지 않는가. 가족과 이토록 길고 긴 키스신을 관람한다는 게 민망하다고 느낀 순간, 아빠가 어색함을 못 참고 엉덩이를 떼며 한마디 했다.

> "아따, 선진국 사람들은 사고를 당해도 저렇게 여유가 있어부러!"

고난을 이겨낸 남녀가 사랑을 확인하는 장면을 아빠는 왜 여유로움으로 해석했는지 잘 모르겠지만, 어린 나의 머릿속엔 저렇게 차가 뒤집힌 아수라장에서도 여유 있고 당당하게 키스를 할 줄 아는 게 바로 진짜배기 선진국 시민이란 생각이 콱 박혀버렸다. 때는 아직 IMF 외환위기가 오기 전인 1990년대 중반이었고, 선진국 대열에 합류해야 한다는 절대 목표가 초등학생인 나에게까지도 집단 최면처럼 퍼져있던 때였다.

하지만 후진적인 대학 문화에 이어 더 후진적인 기업 문화를 경험하면서 내가 발붙이고 사는 곳은 선진국과는 거리가 꽤 멀다는 것을 느꼈다. 그래도 여유를 선진국처럼 동경한 가풍(?) 덕분인지 나는 있지도 않은 여유를 부리려고 했다. 그게 멋있어 보였기 때문이다. 회사에서 난데없이 내 여유 있음을 증명하기 위해 누구와 뽀뽀를 할 수는 없는 노릇이니, 나의 여유는 대부분 유머라는 도구를 통해 분출되었다.

내게 유머는 여유와 동의어였다. 회사에서 숨통을 트여주는 그런 작은 유머들을 유독 좋아했다. 출근과 퇴근을 반복하면서 아주 작은 유머들로 하루가 어제와 다르게 반짝거렸다. 밥때를 넘겨 점심을 먹다가도 내 실없는 농담에 누가 웃어주면 힘이 났다. 힘들게 기사를 마감해 넘겼다는 것을 알고 있는 옆자리 선배가 툭 던지는 썰렁한 농담, 엘리베이터에서 만난 동기의 어설픈데 웃음이 터지는 성대모사가 좋았다.

살면서 인터뷰를 할 일이 몇 번 있었는데, 그 중의 한 번이 첫 책을 내고 나서 였다. 기자가 되고 싶은 젊은이들에게 한 가지 조언을 해달라는 질문을 받았다. 고민 끝에 이렇게 털어놓았다.

"기자를 잘 하는 건 모르겠지만, 오래 버텨내려면 의외로 유머가 중요해요. 아무리 힘든 상황에서도 스스로 숨 쉴 틈을 만들어내는 사람 있잖아요. 비관적인 상황에서도 작은 낙관을 가지는 사람이요. 일을 하다 보면 바뀌지 않는 현실에 나 혼자 메아리처럼 기사를 쓰고 있어서 지치는 일이 많거든요. 그럼에도 불구하고 세상을 향한 낙관과 희망을 갖고 있는 분들이 기자가 됐으면 좋겠어요. 직장생활도 마찬가지로 잘 버티려면 그런 유머의 에너지가 필요한 순간이 많은 것 같아요."

이렇게 한 움큼의 유머도 없는 진지한 답변을 하면서 '앗, 나야말로 너무 재미없어서 큰일'이라는 자아성찰과 함께 내 주변의 유머러스한 동료들의 얼굴들을 떠올렸다. 그들은 일상에 유머를 양념처럼 탁탁 뿌려서 죽어가는 요리도 살릴 줄 아는 '가성비 끝내주는 요리사'들이었다. 그들은 업무와 자기 자신을 엄마가 생선살 발라내듯 잘도 분리해냈다. 내가 일 앞에서 전전긍긍해 있을 때에는 한마디 유머로 분위기를 풀어주었다. 나도 따라서 웃게 됐다. 그런 유머에는 '그럼에도 불구하고'의 힘이 단단하게 스며들어 있다.

유머의 핵심은 뭐니뭐니해도 타이밍(만사가 타이밍)이다. 유머를 던질 타이밍을 기가 막히게 안다는 것은 주변과 상호 작용을 제대로 할 줄 안다는 것이다. 상대방이 유머를 필요로 하거나 유머를 받아들일 준비가 돼 있을 때 톡 하고 터트려보는 것, 이것이 성공률 높은 유머다.

직장에서의 유머는 '나에게 일어나는 일은 당신에게도 일어나리라'는 정신에서 비롯된다. '당신에게 일어나는 일은 나에게도 일어날 수 있다'이기도 하다. 그것은 이 상황을 조금 떨어져서 볼 수 있게 만든다. 조금 떨어져 봐야 시야가 넓어지고, 시야가 넓어져야만 우리는 유머의 적절한 타이밍을 만들어낼 수 있다.

회사에서의 유머는 온갖 보수적인 것들을 자극한다. 익숙한 사유를 비틀기 때문이다. 《리스본행 야간열차》를 쓴 소설가이자 철학자 파스칼 메르시어(본명 페터 비에리)는 《삶의 격》에서 유머를 자존감이 있어야 구사할 수 있는 것으로 정의내렸다. 그는 "자존심에 입은 자잘한 상처들을 툭툭 털어버리고 정말 중요한 것에 집중할 수 있게 만드는 능력"이 유머 감각이라고 말한다. 자기 위주에서 벗어나서 자기가 내리는 평가가 절대적이거나 전부는 아니라는 걸 깨달아야 우리는 유머를 구사할 줄 알게 된다. 그래야 우리는 스스로를 유머의 대상으로 삼을 줄도 알게 된다.

그렇다고 유머가 만능키는 아니다. 내 근본적인 고민들을 완전히 해결해주지 않는다. 해결해주면 좋겠지만 인생은 그렇게 호락호락하지 않다는 걸 우린 다 알고 있지 않나. 하지만 한 가지는 확실하다. 내가 조직에서 어떤 결론을 확실하게 내릴 때까지 내 자신을 버틸 수 있게 해준다. 버티는 것만으로도 충분히 대단한 일이기에 유머의 의미는 결코 작지 않다. 때론 그 암담한 상황을 뚫고 앞으로 나아갈 수 있는 성능 좋은 배터리가 되어준다.

유머의 힘을 믿기에 나는 아직도 낙관주의자다. 그런 낙관은 하루하루가 똑같지만, 약간씩 더 나은 하루를 기대하게 하는 힘이 된다. 그래서 지금 내가 하고 싶은 말은 하나다. 회사에서, 우리 가끔 킥킥거리면서 살아요.

태도에 관하여

해가 지날수록 남의 것에 눈독들이지 말고 내가 할 수 있는 선에서 성실하게 사는 것이 중요하다는 생각이 짙게 든다. 제아무리 성실하다고 해도 재능 있는 '난놈'들을 언젠간 앞지를 수 있을 거라고는 생각하지 않는다. 다만 꾸준한 성실함이 어떤 기회를 만났을 때 빛을 발할 수 있다. 평생 기회를 한 번도 만나지 않을 가능성도 배제하지 않았지만 적어도 그런 태도가 스스로를 성장하게 할 거라고는 믿는다. 이것이 성실이라는 우량주에 투자한 개미투자자 일인의 심경이다. 직장생활도 마찬가지로, 몇몇 특출한 사람을 제외하고는 거기서 거기다. 그러면 직업인으로서 유능함의 수준은, 결국 일을 대하는 태도에서 온다.

방송사 보도국에는 외근이 일상인 기자들의 행정 업무를 돕는 아르바이트생들이 부서별로 있다. 대부분 대학교 휴학생이나 갓 대학을 졸업한 이십 대 초중반이 지원해 1년 남짓씩 근무를 한다. 부서별로 법인카드 영수증 처리를 검수하고 우편물도 관리하는 등 자잘한 일을 도맡아 한다. 날마다 오는 열몇 개 신문들을 차례대로 정리해 넣고 탕비실 물품을 채워놓는 것도 이들의 일이다. 짐작하다시피 숙련도가 그다지 중요하지 않은 보조적인 업무다.

그런데 그 똑같은 업무에도 몇 달이 지나 보면 결과는 꽤 차이가 난다.

어떤 사람은 이 일을 도무지 하기 싫고 몹시 지루하다는 표정을 짓고서 앉아 있다. 사실 대부분이 이렇다. 그런데 몇몇은 확실히, 좀 다르다. 취재를 다녀온 기자들에게 살갑

게 말을 붙이면서 그날의 취재가 뭔지 물어보고, 청년들과 관련된 이슈라면 주변 친구들이나 자기의 사례를 실감나게 말하면서 기사에 도움을 주기도 한다. 그러다 보면 어느 샌가 내가 먼저 물어보게 된다.

"J씨, 요새 이런 아이템은 어떨까?"

"어제 뉴스 봤어?"

그렇게 팀의 일원이 되는 것이다.

그런 이들은 센스 있게 필요한 것을 미리 알아서 챙긴다. 같은 일을 맡겨도 어떻게 하면 더 효율적으로 할 수 있을까를 고민한다. 탕비실 과자 채워 넣는 것도 그렇다. 부서의 어떤 기자가 뭘 좋아하는지 눈썰미 있게 보고, 노트북 앞에서 머리 싸매고 있는 기자 앞에 조용히 다가와 과자 하나를 내려놓고 간다. 내 경우엔 초코하임이었다. 초코하임을 주고 내 어깨를 탁탁 두드리고 돌아서는 그 이십 대 초반의 멋있는 아르바이트생에게 고마워하지 않을 도리가 없었다.

그들에게서 태도의 중요성을 배웠다. 어리지만 존경스러

운 면이 있었다. 그렇게 인연을 맺은 몇 명은 지방의 결혼식까지 가서 축하해주고, 아직까지 연락을 하면서 지낸다. 짧은 기간 스쳐간 인연이 오래 이어지게 만드는 그 태도는 그들의 큰 자산이고, 어느 자리에서든 제 몫 이상을 해낼 거라고 생각이 된다. 그리고 내 예측대로, 삼십 대가 된 그들은 그렇게 사회에 잘 안착해 살고 있다.

나는 그들이 현재 발 딛고 있는 선택지 중에서 하나를 선택하고, 거기에 따르는 책임을 진 이들이라고 생각한다. 지금 있는 곳이 지루한 사무실이고, 오전 아홉 시부터 오후 여섯 시까지 꼼짝없이 앉아 있는 수밖에 없으면 그 안에서 자신이 가장 의미 있는 일을 선택해서 한 것이다. '나는 이런 허드렛일 할 사람이 아니야' '남들처럼 취업 준비해야 하는데 몇 푼 벌겠다고 여기서 뭐하는 거지' 이렇게만 생각하고 종일 멍 때리거나 누가 지나가든 웹서핑에만 시간을 죽이고 있는 사람들과 다른 지점이 생겨난다. 그 작은 차이는 시간이 축적되면서 점점 더 벌어진다. 나중엔 그 차이는 눈에 띄게 확연히 드러난다.

《어린왕자》로 사랑받는 생텍쥐페리의 자전적 소설《인간의 대지》에는 그의 베테랑 조종사 동료 앙리 기요메Henri Guillaumet의 실화가 나온다. 기요메는 해발 6천 미터가 넘는 안데스 산맥을 횡단하다가 폭설에 덮인 산에 불시착한다. 가도 가도 끝이 없는 설원에, 죽음을 예감하고 포기하려고 한다. 그때, 자신이 실종되면 아내가 사망 보험금을 4년 뒤에야 탈 수 있다는 보험사 규정을 떠올린다. 그래서 눈 속에 파묻혀 죽기보다는, 저쪽 끝에 보이는 바위까지는 가서 그 위에서 죽어야겠다고 생각한다. 한 걸음씩, 한 걸음씩 발을 뗀다. 조금만 더, 더, 더. 사람들 눈에 조금이라도 잘 띌 곳으로 가기 위해 움직인다. 그렇게 영하 40도의 혹한에서 기요메는 기적적으로 실종된 지 7일 만에 살아 돌아온다. 위대함은 그렇게 내 일과 내 사람들에 대한 작은 책임감으로부터 만들어진다.

모든 원인을 한 개인의 태도로만 돌리는 것은 결코 아니다. 하긴, 노력을 강조하는 것에 알레르기 반응을 보일 만도 하다. 노력만으론 부족하니 '노오력'을 하라고 하고, 죽기 살기로 하다 보면 길이 생긴다고 하고, 허름한 창고에서 창업을 한 스티븐 잡스를 본받으라고 하는 말에는 기성세대의 무책임이 녹아 있다.

내가 사랑하는 태도는 그렇게 기를 쓰고 내 자신을 모조리 태우는 게 아니다. 태도는 멈춰있는 게 아니라 움직이는 것을 뜻한다. 그 움직임은 타인의 지시에 의한 것이 아니라 자신의 마음에서 나오는 능동적인 움직임이다. 현재의 불만을 곱씹느라 정작 자신의 진짜 삶 자체에 소홀하지 않으려는 성실함, 자기 캔버스에 조악하든 미려하든 개의치 않는 붓칠을 말한다.

만남이 있어야 배운다

여섯 식구가 사는 스무 평 남짓한 집에 내 방이란 언감생심 꿈도 못 꿀 일이었다. 늘 북적댔고, 문은 벌컥벌컥 열렸다. 어린 나는 선생님의 출석체크에도 대답하는 게 떨려서 가슴이 콩닥댈 정도로 소심한 아이였다. 조용히 있고 싶었다. 그래서 혼자 있고 싶을 때에는 책으로 빠져들었다. 책을 보는 시간에는 외부와 단절된 것 같았다. 그냥 그땐 그런 느낌이 좋았다. 대학에 가서도 사람 만나는 것보다 혼자서 책을 보는 걸 더 좋아했다. 남들 다 한 번씩 간다는 해외여행도 이십 대 내내 한 번도 가지 않았다.

그런데 어쩌다 보니 만나는 게 일인 직업을 갖게 됐다. 일주일이면 명함 수십 장이 가방에 쌓였다. 하루만 지나도 누가 누군지 기억도 나지 않았다. 특히 중년 남자는 죄다 비슷비슷해 보였다. 비슷한 무채색 양복에다가 튀지 않는 헤어스타일, 특징 없는 말투까지. 나는 한동안 이름 외우느라 골치가 아팠다. 인터뷰 취재를 해야 되면 전날 밤부터 장기들이 배배 꼬이는 것 같았다. '몸 한가운데에 있는 털실 뭉치가 내 몸의 표면에 있는 셀 수 없이 많은 털실 가닥들을 재빨리 감아올리는 느낌'이라고 했던 카프카의 표현이 뭘 말하는 건지 날마다 실감하던 순간들이었다.

그래도 사람 만나는 건 좋았다. 새로운 만남은 질리지가 않는다. 만남이 주는 대체 불가한 다이내믹함을 깨달으면서 가끔은 그 '털실 감겨지는' 긴장감을 즐기기까지 했다.

생각해보면 나는 성장 소설을 좋아했다. 《수레바퀴 밑에》,

《데미안》, 《자기 앞의 생》 같은 어린 소년이 나오는 소설들은 책을 덮고 나서 감동이 오래갔다. 영화도 마찬가지였다. 성장기를 그린 모든 스토리에 끌렸다. 성장 서사에는 특별한 것이 스며들어 있었다. 어떤 사람을 우연히 만나서 얽히게 되고, 그 때문에 모든 것이 이전과 달라지고야 마는, 그 미묘하게 낯선 새벽 공기 같은 기운이 좋았다. 엉망진창인 사람이 덜 엉망진창으로 되는 게 위로가 됐다.

성장 서사는 만남이 중심이 된다. 싱클레어가 데미안을 만난 것처럼, 《나의 라임 오렌지나무》에서 제제가 뽀르뚜가 아저씨를 만난 것처럼. 만남은 자신을 재탄생시키는 힘이 된다. 그 낯선(혹은 낯설어진) 타인이 만든 상황에 빠진 주인공이 자신의 새로운 면을 발견하기도 하고, 새로운 가치관을 만들게 된다. 그렇게 타인과의 만남에서 자신의 모습을 발견하고 흠칫 놀라서 조금 바꾸는 것, 이것이 만남이다.

그렇게 만남으로 조금씩 달라지면서 우리는 예외에 대해서 깨닫게 된다. 그동안 자기가 알고 있는 세상이 얼마나 좁았는지, 내 생각이 한쪽으로 얼마나 기울어져 있었는지를 스스로 깨닫는다. 먼지 스치듯 무감할 때도 있고, 꿀밤 때리듯이 따끔할 때도 있고, 가끔은 정강이 얻어맞은 듯 아프다. 그런 것들이 쌓여서 우리는 변한다. 작은 자극으로 둑이 무너지듯이 그렇게 내면의 큰 물줄기가 터지게 된다.

우리 인생에서 만남이 늘 좋은 것만은 아니다. 우리는 종종 무방비 상태로 있다가 일격을 당한다. 늘 그렇듯이, 상처는 가까운 사람이 준다. 가장 믿었던 가족, 그것도 부모에게 배신을 당하기도 한다. 마음을 열고 모든 것을 다 내주다시피 했던 연인에게서 남보다 못한 대우를 받고 가슴 깊이 상처를 받을 때도 있다. 내 사람이라고 믿었던 연인에게서 일방적으로 뺨 맞듯이 이별을 통보받기도 하고, 조건 없이 날 믿어줄 거라고 생각했던 가족의 얼굴에서 계산적이고 이기적인 모습을 목도하면서 예리한 칼날로 살갗을 베이는 것 같은 아찔한 느낌을 받을 때도 있다.

그럴 때 나는 만남 자체에 대한 회피를 하고 싶어 하는 마음을 다잡고, 신영복 선생님의 말씀을 떠올린다. "참으로 신비로운 것은 그처럼 침통한 슬픔이 지극히 사소한 기쁨에

의하여 위로된다."는 깊은 경험의 성찰과 "큰 슬픔이 인내되고 극복되기 위해서 반드시 동일한 크기의 커다란 기쁨이 필요한 것은 아니다."라는 희망의 언어에서 힘을 얻는다.

✳

살아가는 힘은 '그럼에도 불구하고'에 있다. 타인에 의해 받은 숱한 상처에도 불구하고 누군가를 향해 마음을 열어야 한다. 과거에 멱살이 잡혀서 끌려가지 않고, '그럼에도 불구하고!'를 혼자 되뇌며 일어날 수 있는 에너지가 있어야 한다.

'나답게 살아 보겠다'는 목표는 나 혼자 정의를 내려서 만들어지는 것이 아니다. 다른 사람들과 부딪히면서 알게 되는 것이다. 우연으로 시작된 새로운 만남, 스쳐 지나가는 만남들이 나를 만든다. 가장 좋은 것은 긴 시간을 두고 내 주변에 있는 이들이 변해가는 것을 곁에서 보면서 이어가는 관계다. 내 곁에서 떠날 수도 있지만, 남아 있는 존재들 말이다. 큰 상처를 받아 주저앉은 나에게 그 인연들이 무심하게 툭 건네는 사소한 기쁨들에 '그럼에도 불구하고'를 다시 말할 수 있는 힘을 얻는다. 그래야 우리는 낯섦을 덜 두려워하게 된다.

가장 낯익은 타인, 누구도 아닌 바로 나

종합병원에서 MRI를 찍으려고 기다리는데 간호사가 내 이름과 나이가 프린트된 흰 종이팔찌를 손목에 둘러줬다. 두 살 적은 만 나이가 찍혀 있는 걸 보니 괜히 신이 나서 아픈 환자들 사이에서 철딱서니 없이 인증 사진을 여러 장 찍어댔다.

말로는 어려져서 좋다좋다 했지만 그날 저녁 집에 돌아와 생각해보니 2년 전으로 돌아가 '인생 2회차'를 맞는다고

Epilogue
가장 낯익은 타인,
누구도 아닌 바로 나

해서 내 인생이 뾰족하게 달라질 건 없을 듯싶다. 똑같이 소심하고 고집 센 삼십 대 여자의 모습으로 지금 이 나이를 다시 맞이하게 될 것 같다.

자, 그렇다면 10년, 아니 20년 전으로 되돌아 간다면?

선택할 수 없는 선택을 가지고 고민하는 내가 우습지만, 어쨌든 내가 내린 선택은 '인생의 가장 아름다운 때'라는 이십 대로도 되돌아가지 않겠다는 것이다. 그때의 나는 스스로를 직원으로 고용한 악덕 사장 같았다. 내가 자처해서 어떤 상황에 나를 막 던져놨다. 달성하기 힘든 조건들 속에 세워놓고 뭔가 증명해내라고 나를 달달 볶아댔다. 출근도장 찍듯 날마다 기사를 썼는데 다른 기자가 쓴 것보다 모자란 내 문장 하나를 붙잡고 밤새 부끄러워했다. 결과로만 보면 그것 때문에 일정 수준 이상의 기사를 꾸준히 쓸 수 있게 됐지만, 늘 숨이 턱턱 막혀서 한숨을 달고 살았다.

지금은 성과가 아니라 과정과 태도에 대해서 늘 고민한다. 대단히 잘 해내는 것보다, 꾸준히 성실하게 하는 것에 더 의미를 두고 있다. 내 능력이 그 정도 뿐이라는 걸 받아들인 것이니 어떻게 보면 포기나 체념이라고 볼 수도 있지만, 방향이 올바르게 가고 있다는 것에 대한 확신이기도 하다.

그래도 요령 피우지 않고 살아오는 과정에서 조금씩 내 것들이 생겨났다. 내 연차에 맞게 커리어가 쌓였고 경제적 자립을 할 수 있을 정도가 됐고, 내 사람들을 만나게 됐다. 애초에 딱히 대단한 야망이나 큰 꿈은 없는 사람이었으므로 지금은 새로운 걸 더 가지려 들기보다는 혹독했던 과거의 젊은(어린) 나에게 고마워하면서 오늘의 내가 가지고 있는 것들만이라도 잘 지켜내고 싶다.

《수레바퀴 밑에》 주인공 한스 기벤라트는 수학 공부에 대해 이렇게 말했다.

> "언제나 앞으로 나아가고, 어제까지만 해도 하지 못했던 내용을 날마다 터득하기는 하지만, 갑자기 넓은 전망이 열리는 정상에는 결코 오르지 못했다."

삶을 일구는 것, 인간관계에서 벌어지는 일들도 비슷해

보인다. 날마다 뭔가를 배우고 문제를 풀기는 하지만 결코 모든 것을 다 알지는 못한다. 그래도 착실한 학생의 자세로 책상에 앉아서 내 앞에 주어진 이 난해한 문제들을 하나하나 풀기 위해 애쓸 것이다. 난제 중의 난제인 '나'라는 타인에 대해서도 잘 풀어보려고 애쓸 것이다.

나 자신을 타인이라고 생각하는 것은 나란 사람을 더 잘 이해하고 싶어서였다. '타인'이라는 가벼운 이름표를 달아줘서 앞으로 더 홀가분하게 살고 싶은 바람이기도 하다. 무엇보다 내가 다른 사람에게 노력하는 것만큼 나 자신에게도 공평하게 너그럽게 대하고 싶다. 내가 완벽함과는 거리가 먼 사람이란 걸 잊지 말고, 남들과 전혀 다를 바 없고, 그저 '적당히 괜찮은' 사람 정도만 돼도 괜찮다고.

이 책에는 내 인생의 굵직한 시간들은 하나도 없다. 살면서 특별하게 생각하지 않았던 아주 사소한 구석들로만 되어 있다. 인생의 굵직한 건 내 힘으로 어쩔 수 없는 것이지만, 구석들은 타인과 만나면서 만들어진다. 인생의 모양은 그 구석들로 결정된다. 어떤 구석인지에 따라 세모가 되기도 하고 네모가 되기도 한다. 잘 하면 예쁜 별 모양도 된다. 아이들이 사이좋게 찰흙놀이를 하듯이, 그 인생의 사소한 구석들을 나의 사랑하는 '낯익은 타인'들과 잘 만들어가고 싶다.